D1665311

NOEL-VERLAG

Kamingeschichten...

Geschichten für eine Zeit der Ruhe und Besinnlichkeit - nicht nur, wenn es sich um das Thema Weihnachten dreht, sondern auch zwischendurch...

Einmal Innehalten im Alltag, Beschaulichkeit und Wärme verspüren, ein wenig Ruhe... die Gedanken schweifen lassen in eine andere Welt... eintauchen in die Welt von Geschichtenerzählern, die uns die fröstelnde Zeit ein wenig erwärmen und verschönern möchten.

17 Autoren und Autorinnen aus Deutschland, Österreich, Italien, Norwegen haben Ihnen, lieber Leser, einige ihrer schönsten Geschichten gewidmet - viel Freude damit wünscht

Ihr   NOEL-VERLAG

Geschichten am Kamin

Kurzgeschichten für eine
besinnliche Zeit...

NOEL-VERLAG, Oberhausen/Obb.
www.noel-verlag.de

Originalausgabe
November 2006

NOEL-VERLAG
Hans-Stephan Link
Achstrasse 28
D-82386 Oberhausen/Obb.

www.noel-verlag.de
noel-verlag@gmx.de

Satz/Layout: Gabriele Hübner
Druck: SDV GmbH, Dresden

Covergestaltung: © by Boris Budisa

1. Auflage
Printed in Germany
ISBN - 10: 3-00-020184-X
ISBN - 13: 978-3-00-020184-4

Inhalt

Ulf Dittmann: Kafenion der Fremden 13

Es kann sehr kalt werden in der Messara im Februar. Dies war einer jener Tage, an denen sich alles vor den wütend fauchenden, eiskalten Windstößen, die zwischen den zwei Gipfeln des Mavri-Ida in die Ebene hinunter rollten, schützen wollte...

Anja Posner: Heiners und meine Weihnacht 19

Ich hatte einen Auftrag. Schon der vierte in jenem Jahr, in dem ich nicht mehr nur für die Schublade schrieb, sondern erste Veröffentlichungen vorweisen konnte. Ich war weit davon entfernt, von meiner Schreiberei leben zu können, doch ich war überzeugt, Talent zu haben.

Heidrun-Auro Brenjo: Fortbildung 25

Das Wochenende ist vorbei. Jetzt sitze ich hier in der Schule und fühle mich deplaziert. Ich denke an die Ausbeute des Wochenendes. Kiloweise Kastanien haben wir gesammelt. Rotbraune, leuchtende Früchte.

Volker Krauleidis: Tir na nog 29

Kurz vor dem Jahrtausendwechsel besuchten wir erneut Achill Island, zum letzten Male waren wir 1996 hier gewesen.
Als wir die Brücke bei Achill Sound überfuhren, schien alles unverändert. Die Veränderung war jedoch schon in Sweeny's Supermarket zu erleben, in jeder Ecke sah man Jugendliche mit Mobiltelefonen...

Bertl Bähr: Unvergessene Weihnacht 33

In den Herzen wird's warm, still schweigt Hunger und Harm, Sorgen des Lebens verhallt, freue dich, Christkind kommt bald. Es ist dieser zweite Vers von „Leise rieselt der Schnee", der mich eigentlich seit meinem sechsten Geburtstag an die Kraft des Gebetes glauben lässt ...

Matthias Schwendemann:
Auf dem Dach stört
die Tauben das
Gekrächze der Krähen 36

Verwirrt und langsam verzweifelnd fahren meine Hände, während sie beginnen unmerklich zu zittern, an der kalten Glasfassade des Discounters entlang und versuchen die Treppe wieder zu finden, die auf das Dach des Parkhauses führt...

Margarete Teusch: Der Weihnachtsfussel   42

Ich starrte auf das Päckchen, das mir der Postbote heute am 24. Dezember in die Hand drückte und erkannte die Schrift meines Bruders. „Wir machen uns doch gar keine Weihnachtsgeschenke", war mein erster Gedanke. Egal - ich riss die Verpackung auf...

LiLa: Seifenblasen im November   48

Nebenan spielte der CD-Player laut kubanische Musik – eigentlich sehr beschwingt, wäre sie nur in der Stimmung gewesen, dies aufzunehmen. Aber das war sie eben nicht...

Boris Budisa: Königin   53

Ungeachtet dessen, wie oft sie durch das kleine Turmfenster schaute, der Anblick auf ihr Land, auf ihr Königreich, erfüllte sie mit Stolz und Ehrfurcht. Von hier aus sah sie über grüne, saftige Wälder bis hin zur Küste, die sich am Horizont wohlwollend in den Armen der Sonne wärmte.

Hilde Bongard: Erinnerungen an Schulzeit in Ostpreußen   57

Meine lieben Enkeltöchter! Ihr habt mich gebeten, ein wenig aus meiner Schulzeit zu erzählen für Euer Projekt, was Ihr mit Eurer Lehrerin durchführen wollt... Nun: Wenn ich alles genau wiedergeben sollte, dann müsste ich ein dickes Buch schreiben...

Ingelore Haase-Ebeling: Ein Märchen   60

Wie taten ihm die Füße weh! „Fuchs", sagte er, „lass uns anhalten und ein bisschen ausruhen."
Der Fuchs setzte sich auf die Hinterpfoten, drehte seinen Kopf zur Seite, um Dnumde anzuschauen...

Micheline Holweck: Warten auf...   65

Wie hypnotisiert starre ich auf die züngelnden orangeroten Flammen im Kamin. Das Feuer ist fordernd und unbarmherzig, bekommt was es will und wenn es Besitz von einem Stück Holz genommen hat, dann lässt es seine Beute nicht mehr los...

Patricia Baltes: Das Weihnachtswunder   73

Laura ist 7 Jahre alt und wohnt mit einigen anderen Kindern in einem Waisenhaus. Eine Familie hat sie im Gegensatz zu ihren Freunden nicht. Schon lange wünscht sie sich eine richtige Familie...

Anja Posner: November   78

Im November fuhr er an die See. Zu dieser Jahreszeit fuhr er immer an die See. Doch dieses Mal war es anders. Im Oktober war seine Frau Sofia gestorben. Deshalb war seit Oktober nichts mehr so, wie es einmal war...

LiLa: Gruß an meinen Engel   83

Beinahe lustlos steckte sie den Haustürschlüssel in
das Schloss und drehte ihn um. Die Tür öffnete sich
langsam, leicht knarrend. Der Geruch des Eintop-
fes, den sie sich gleich in der Früh gekocht hatte,
schlug ihr entgegen und umschmeichelte ihre Nase.
Irgendwie „heimelig"...

Kari Hennig: Ein ganz normaler Engel   87

„Bist du ein Engel?" die Stimme der Fünfjährigen
zitterte vor Aufregung. „Aber ja." Gütliches Lächeln
überzog das sanfte Gesicht der grellen Erscheinung.
Gänzlich in einen schneeweißen Umhang gehüllt war
jede ihrer Bewegungen von vergleichsloser Ge-
schmeidigkeit...

Uwe Neugebauer: Eine makellose
                    Entscheidung   101

Er war ein lebensfroher, alter Mann, für den der Spaß
seines Lebens noch in so allerlei Dingen bestand
und obgleich er seit vielen Jahren jetzt allein lebte,
machte ihm das wenig aus. Nur manchmal, da fühl-
te er Einsamkeit.
Daher beschloss der Alte eines Tages, einen treuen,
wenn auch nutzlosen Kameraden zu sich zu neh-
men...

Tarek Spreemann: Ein Paradies auf Erden 107

*Das kleine Dorf Wörlingen lag von dem Trubel der
großen Welt beschützt in einem idyllischen Tal, umgeben von hohen, bewaldeten Hügeln. Nur eine einzige, holprige, sich bald nach rechts, bald nach links
windende Strasse verband das Dörflein mit der Aus-
senwelt...*

Elke Link: Hertas größter Wunsch 125

*Hertas größter Wunsch, einmal wieder - wie früher
- Weihnachtsgeschenke kaufen zu können, sollte auch
dieses Jahr nur ein Traum bleiben.
Geschenke aussuchen, Geschenke verpacken, Geschenke verschenken...
Schenken - anderen eine Freude machen, in glückliche, dankbare Augen schauen...*

Die Autoren stellen sich vor...   131

Schlusswort...   149

Ulf Dittmann

Kafenion der Fremden

Es kann sehr kalt werden in der Messara im Februar.
Dies war einer jener Tage, an denen sich alles vor den
wütend fauchenden, eiskalten Windstößen, die zwischen
den zwei Gipfeln des Mavri-Ida in die Ebene hinunter
rollten, schützen wollte.
Selbst die kleinen, weißen Häuser mit ihren roten, von
Wind und Wetter brüchig gewordenen Dachziegeln in
den engen Gassen von Pitsidia schienen sich wärmesu-
chend eng aneinander zu kauern.

Die Gassen waren leer und die Windstöße peitschten
aufgewirbelten Sand, abgerissenes, lebloses Gestrüpp und
zerfetztes Papier durch sie hindurch.
Wer unbedingt nach draußen musste, hastete bis zur
nächsten Tür, um in die Wärme dahinter zu flüchten.
Mit einem dieser kalten Windstöße huschten eine Frau
und zwei Männer in das Innere des alten Kostas-
Kafenion.
Dessen Tür schloss nicht richtig und die beiden großen
Außenfenster waren an den Rahmen durchlässig.

Dennoch konnte der bullernde Eisenofen, der im hin-
teren Teil des kleinen Raumes stand, eine angenehme
Wärme verbreiten. Dicht am Ofen saßen auf einer Holzbank dösend drei alte Männer.
Sie trugen Wollmützen, die tief in das Gesicht hinunter
gezogen waren und dicke Wollmäntel. Ihre Köpfe waren
leicht vornüber gebeugt. Zwei der Männer atmeten hörbar
mit offenen Mündern und der Dritte hielt seine Hände
auf den Knauf eines knorrigen Holzstockes gestützt.

Die Drei blickten mit halb geöffneten Augen in eine ferne Vergangenheit, die über dem Ofen seligmachend waberte. Auf der glühenden Ofenplatte kochte der dunkelbraune Kaffeesud in einem kleinen Topf.

Der alte Kostas schlurfte langsam auf den Ofen zu, um Wasser auf den dampfenden Sud zu schütten.

Irgendwie hatte er es geschafft über seinen dicken, braunen, abgewetzten Wollmantel noch eine halbärmelige, verfilzte Fellweste zu ziehen. Auf dem Kopf trug er eine genauso verfilzte Fellkappe, deren Ohrenschützer das linke Ohr wärmte, während der rechte Schützer hochgeklappt war.

Während er ging, musste er jede Bewegung mit einem geschälten, knorrig gewundenen Olivenholzstock absichern, den er in der linken Hand hielt. Die Wasserkanne trug er zitternd in der Rechten.

Zischend stieg der Dampf empor, als er das Wasser über den breiigen, jetzt schwarzen Sud kippte.

Ein Getränke-Kühlschrank stand in der hintersten Ecke des Raumes. Dieser war zu jener Jahreszeit mit diesen, für die Insel ungewöhnlichen Temperaturen so überflüssig wie der Ofen im August.

Auf dem roten Schrank standen einige angebrochene Flaschen Ouzo und eine dicke Zweiliterflasche aus grünem Glas mit selbstgebranntem Rakí. Vor diesem kalten Turm, aber doch noch in respektvoller Entfernung dazu, stand ein Mann mittleren Alters, der einen fleckigen, dicken, grünen Anorak trug.

Mit fahrigen Handbewegungen und unverständlichem Brabbeln versuchte der Mann dem Alten zu deuten, dass er an die Rakíflasche wolle. Er zeigte zitternd auf die Flasche und näherte sich ihr zögernd zentimeterweise, während er dabei bittend, ja fast flehend zu dem Alten schaute.

Erst als die Hand der Flasche bedrohlich nahe kam, zischte dieser ein scharfes „Oy-Nein" und drehte sich in der sicheren Gewissheit, dass nun Klarheit herrsche ab, um zu den neuen Gästen zu schlurfen. Aber im roten, aufgedunsenen Gesicht des Mannes, der sich ab und an eine fettige Locke aus dem Gesicht wischte, zuckte es vor kaum zu bändigender Gier und so ignorierte er das klare Verbot.

Endlich überwand er sich und verlor zitternd nach der Flasche greifend die Beherrschung.

Die bevorstehende Befriedigung seiner Gier verstärkte sein Zittern so stark, dass er bei dem Emporheben der Flasche gegen die zwei daneben stehenden Ouzoflaschen stieß.

Das Klirren des Anstoßes dröhnte anklagend durch den Raum.

Mit einer Geschwindigkeit, die dem alten Kostas eigentlich nicht zuzutrauen war, drehte dieser sich um und riss den knorrigen Stock über seine rechte Schulter empor als wolle er zuschlagen!

Dann aber ließ er den Stock langsam ein wenig sinken und der ausgestreckte Arm mit seiner hölzernen Verlängerung deutete anklagend auf den Mann.

Der Alte schnalzte mit der Zunge. Die gespannte Atmosphäre durchtrennte der jähe Ton des scharfen Schnalzens wie ein Peitschenknall.

Der Mann erstarrte in seiner Bewegung und stellte mit plötzlich ruhiger Hand die Zweiliterflasche, die noch fast gefüllt war, vorsichtig zurück.

Der Alte ließ Stock und Arm sinken, drehte sich und schlurfte wieder weiter auf die neu Eintretenden zu.

Teilnahmslos hatten die Drei die Situation beobachtet.

Der Angeklagte, aus dem im Nu jegliche Energie entwichen war, setzte sich fast geräuschlos auf die schmale

Holzbank an der Wand. Er stützte seine Arme auf den davor stehenden, niedrigen Tisch und legte seinen Kopf in die Hände. Dabei brabbelte er leise, vernehmlich, aber unverständlich, vor sich hin.

Er bot ein Bild des Jammers, aber die gerade Eingetretenen schauten ohne Mitleid zu ihm. Es war so zu dieser Jahreszeit in vielen Kafenions der Insel.

Treibgut, angespült in warmen Tagen, moderte im kalten Winter. Die Alten am Ofen dösten weiter regungslos in die Süße der Vergangenheit hinein.

„Bacchus war gegen ihn!"

Der Ältere der Drei zuckte mit den Schultern.

„Die alten Götter sind wieder da."

Seine neptunisch blauen Augen schauten die beiden anderen an, als erwarte er eine Antwort.

„Waren sie jemals weg?"

„Nein", antwortete die Frau bestimmt. „Sie waren niemals weg!"

Der andere Mann nickte langsam bestätigend: „Niemals, denn es ist immer die Vielfältigkeit der Einheit!"

Erst vor einer halben Stunde hatten die Beiden den Älteren kennen gelernt. Er stand an der Straße nach Pombia und hielt seinen Daumen in die kalte Februarluft. Es regnete und die beiden nahmen den Anhalter mit.

„Ich bin der letzte Minoer.", sagte dieser und lud sie als Dank für das Mitnehmen ein ins Kafenion.

„Was musste passieren, damit du der letzte Minoer wurdest?" Der Jüngere fragte wirklich interessiert.

„Es waren die Hirten von Anogia, die mich dazu brachten. Ich zog mit ihnen für mehrere Monate über die Ida-Hochebene. Sie erzählten sich uralte Geschichten und zeigten mir bearbeitete Steine mit merkwürdigen Symbolen. Irgendwann wollte ich wissen, ob es wahr ist, was die Alten sich erzählten!

„Es ist immer wahr!"

Alissia stellte es fest und alle nickten.

„Aber es will keiner mehr hören, weil man sonst nachdenken müsste!"

Schwankend und verlegen grinsend kam der Alkoholiker mit einer Bierflasche in der Hand zu ihrem Tisch. Schwer fiel er auf einen der kleinen Holzstühle und unterbrach das Gespräch.

„Ich brauche Rakí!" Flehend fordernd schaute er in die Runde.

„Es wäre besser für dich nicht soviel zu saufen!"

Der Ältere versuchte überzeugend zu wirken.

Der Mann beugte sich vor und sein Alkoholatem strich übel um ihre Nasen.

Mit erstaunlicher Schärfe erwiderte er:

„Das Beste ist für mich der Rakí! Je mehr Rakí, desto mehr Nebel! Und je mehr Nebel, desto unklarer die Richtung! Je unklarer die Richtung, desto besser für einen ohnehin Orientierungslosen!"

Als sei er von seiner eigenen Kühnheit erschrocken ließ er sich in den Stuhl zurücksinken und verbarg sein Gesicht kopfschüttelnd hinter den Händen.

Wieder zuckte der Ältere gleichgültig mit den Schultern und bestellte den Rakí.

„Dann sauf!"

Der alte Kostas quittierte dies mit einem missbilligenden Kopfschütteln.

Der sich der letzte Minoer nannte schaute den inzwischen Schluchzenden interessiert an, schüttelte dann ebenfalls den Kopf und stellte ein wenig hilflos und mehr fragend fest:

„Es ist nicht richtig!"

Er kniff die Augen zusammen und schien dem entschwindenden Klang seiner Worte hinterher zu blicken.

Für einen Moment saßen sie schweigend da und hörten das Fauchen des Windes, der ab und an heftig an den Fenstern rüttelte. Es knackte und knisterte in dem alten Eisenofen.

„Aber was ist schon richtig?" Die Stimme des Minoers klang hoffnungslos.

Kaum war die Frage verhallt, wiederholte er sie fordernd und eindringlich:

„Was - ist - denn - richtig?"

Dabei unterstrich er jedes Wort mit einem leichten Schlag seiner rechten Hand auf den Tisch.

Seine Augen hatten jetzt einen traurigen, ja fast leidenden Ausdruck und er blickte die Beiden abwechselnd fragend an, in der Hoffnung auf eine befriedigende Antwort.

In der nun folgenden Stille der Überlegungen wagte selbst der Sturm nicht an den Fenstern und Türen zu reißen.

Alissia zuckte mit den Schultern und fragte zurück:

„Gibt es das überhaupt? Etwas, was für alle richtig sein soll?"

Sie erhielt keine Antwort. Ideen formten Gedanken, aber diese waren zu flüchtig, als dass sie auch zu Worten formbar waren. Die Kraft der Erkenntnis fehlte, so sehr alle auch ihr Innerstes marterten.

Dies war doch eine so einfache Frage, aber es schien keine Antwort zu geben.

Der Wind rüttelte wieder an den Türen und Läden. Loses Gestrüpp wurde durch die Gassen getrieben und suchte irgendwo Halt.

Das Treibgut moderte!

Anja Posner

Heiners und meine Weihnacht

Ich hatte einen Auftrag. Schon der vierte in jenem Jahr, in dem ich nicht mehr nur für die Schublade schrieb, sondern erste Veröffentlichungen vorweisen konnte. Ich war weit davon entfernt, von meiner Schreiberei leben zu können, doch ich war überzeugt, Talent zu haben. Ich wusste, das Interesse an meinen Texten hatte auch mit der Tatsache zu tun, dass meine Schwester mit dem Chefredakteur schlief. Na und? Ich hielt mich für die Nadel im Heuhaufen und die Umtriebigkeit meiner Schwester hatte lediglich den richtigen Leuten beim Suchen ge-holfen. Aber das ist eine andere Geschichte.

Ich sollte etwas Weihnachtliches schreiben für die Hochglanzbeilage einer Ausgabe an einem der Adventssamstage. Die Aufgabe fühlte sich an wie ein Volltreffer, denn schon seit Tagen war mir weihnachtlich oder wenigstens winterlich zumute gewesen, obwohl wir gerade erst Mitte November hatten.

Ich verließ das Verlagshaus durch die große Drehtür. Draußen band ich meinen Schal etwas enger, zog die Mütze tiefer in mein Gesicht und war siegessicher. Ich wusste, es würde mir leicht fallen. Ich war ein weihnachtlicher Typ und Ideen für Geschichten hatte ich eigentlich immer. Auf dem Heimweg kaufte ich eine Tageszeitung und zwei von meinen Lieblingskringeln, dann ging ich hinauf in meine Wohnung und setzte mich enthusiastisch an den Computer.

Einige Stunden vergingen. Ich hatte die Kringel gegessen, Musik von Nat King Cole eingelegt und eine Kerze angezündet. Ich dachte nach und dachte nach und der Bildschirm blieb weiß. Etwas Weihnachtliches sollte es sein.

Mein Text sollte behaglich sein, festlich, rührend, er sollte besinnlich wirken, auch ein wenig fröhlich, man sollte die Marzipankartoffeln in ihm spüren und die dicke Kuscheldecke, in die gehüllt man alte Filme sah. So stellte ich es mir vor, aber mir fiel keine Geschichte ein. Gar nichts fiel mir ein. Ich zündete weitere vier Kerzen an, die irgendwie fehl am Platz wirkten, spätestens als die Sonne heraus kam. Ich blies sie aus und dachte nach.

Weitere zwei Stunden später hatte ich Heiner erfunden. Er war ein gefühlloser Yuppie, den der Heilige Abend zu einem besseren Menschen werden lassen sollte. Und weil ich nicht wusste, wie es dazu kommen sollte, ließ ich Heiner viel zu lange auf seiner Couch sitzen.

Ich ließ ihn erklären, warum er kein Menschenfreund war. Und je mehr er erzählte, desto weniger mochte ich ihn. Ich überlegte sogar, ob es nicht besser für die Menschheit wäre, ihn an einer Wintergrippe eingehen zu lassen, doch es sollte ja eine Weihnachtsgeschichte werden, und ein toter Heiner hätte keinem geholfen.

Gegen zwanzig Uhr gab ich auf. Inzwischen wirkte zwar das Kerzenlicht wieder warm und winterlich, aber die Gedanken an den zynischen Heiner ließen jedes Gefühl von Weihnachtlichkeit versiegen. Immerhin hatte ich noch acht Tage bis zum Abgabetermin.

Bis dahin würde mir sicher noch eine richtig gute Geschichte einfallen. Einstweilen sollte Heiner ruhig ein wenig schmoren. Ich zog mich an und ging essen.

Am folgenden Tag kam auch nicht die richtige Stimmung auf. In Anbetracht der Pleite des Vortages wollte ich mich erst einmal in die richtige Stimmung bringen. Denn ohne das richtige Gefühl konnte Heiner nicht die Metamorphose durchleben, die ich mir für ihn ausgedacht hatte. Er sollte hohes Fieber bekommen und in dessen Folge von einem Weinkrampf geschüttelt werden, der ihn schließlich zu einem anderen Menschen werden lassen sollte. Irgendwie so.

Bei dem Gedanken an diesen schlechten Plot musste ich mich wiederum schütteln, denn die Story war wirklich grauenvoll. Ich lief stundenlang in der Innenstadt umher, ein wenig auf der Suche nach einer guten Idee und auch ein wenig auf der Suche nach ersten weihnachtlichen Auslagen in den Geschäften. Mit letzterem war es Essig, und die Ideen kreisten nur um Heiner, den Unweihnachtlichen. Ich hatte mich so auf ihn eingeschossen, dass mir die Erfindung einer anderen Gestalt nicht gelingen wollte. Ich war festgefahren und meine Stimmung war auf dem Tiefpunkt.

Und was wäre, wenn mir nie wieder etwas einfiele? Vielleicht war meine Kreativität ja versiegt. So etwas geschah manchmal. Mir war schlecht.

Bei Aldi kaufte ich ein Marzipanbrot, zwei Packungen Schokoherzen, einen eingeschweißten Ministollen und eine Flasche Roten für den wahrscheinlichen Fall, dass ich den Kummer über meine Ideenlosigkeit im Rioja würde ertränken müssen. Wenigstens Aldi war auf meine Bedürfnisse eingestellt. Das versöhnte mich ein wenig.

Am Ende des Abends hatte ich das meiste Marzipan aufgegessen, den Stollen komplett und die Flasche Rioja war fast leer. So wie mein Kopf, der schon viel zu betrunken war, um noch Panik zu empfinden.

Heiner stand zwar inzwischen heulend vor dem Spiegel seines Luxusbades, doch festliche Gefühle waren so fern wie nur was. Im Gegenteil. Statt Lust auf Weihnachten zu bekommen, hätte man Heiner gern Taschentücher gereicht und ihm Trost gespendet. Ich hasste ihn. In dieser Nacht schlief ich traumlos.

Zwei Tage später. Natürlich hatte sich kein weihnachtliches Gefühl bei mir eingestellt. Stattdessen verspürte ich aufkommende Panik, die mich am Morgen veranlasst hatte, meine Weihnachtsdekoration aus dem Keller zu holen. Ich schmückte emsig. Gegen Abend waren die Kisten leer und meine Wohnung versank in einem Meer aus Lichterketten, Figürchen, Plastiktannengirlanden, Kugeln und sonst was. Grauenvoll. Mir war nach einem Tag am Badestrand, mir war nach Ostereier suchen.

Sogar Kastanienketten hätte ich basteln wollen. Mir war nach allem, nur nach Weihnachten war mir nicht. Es war wie abgehackt. Meine Weihnachtlichkeit war amputiert. Nicht einmal Phantomschmerzen hatte ich. Dafür hatte ich ein gewisses Mitleid mit Heiner entwickelt.

Ich löschte die Passage mit dem Heulkrampf und schickte ihn frisch geduscht auf eine Weihnachtsparty. So hatten wir beide etwas Ruhe voreinander.

Drei Tage später. Ich saß mit meiner Freundin Susi im Café und erzählte ihr von meiner Misere. Dass ich in den vergangenen Tagen etwa sieben Kilo Mehl plus Zutaten zu einer erheblichen Anzahl Weihnachtsplätzchen verbacken hatte. Ich erzählte ihr auch, dass ich meine Wohnung mit sechs Umzugskartons Weihnachtsdekoration geschmückt hatte.

Dass ich erwog, ein paar Zentner Kunstschnee für meine Terrasse zu ordern, denn inzwischen war das Wetter fast frühlingshaft, behielt ich für mich.

Susi lachte ein paar Mal, aber sie war auch erschüttert, denn ich war ein nervliches Wrack und das entging ihr nicht. Sie meinte, sie hätte mich immer für weihnachtlicher als den Weihnachtsmann selbst gehalten.

Sie verstand nicht, warum es mir so schwer fiel, eine schöne Geschichte zu dem Thema zu Papier zu bringen. Und je weniger sie es verstand, desto weniger verstand ich es selbst. Als wir uns verabschiedeten war es ungefähr zwei und in der Sonne war es so warm, dass man im T-Shirt hätte gehen können. Ich war verzweifelt.

In den verbleibenden zwei Tagen verbarrikadierte ich mich in meinem Weihnachtsloft. Ich trank nur noch Bratapfeltee, aß Weihnachtsplätzchen und wenn ich Trübsal blies, weil mir nichts einfiel, dann tat ich das zu „Christmas-Dancing" von James Last aus dem Nachlass meines Vaters. Ich schrieb natürlich auch und ich löschte wieder. Ich schrieb und ich löschte und dazu: „Have yourself a merry little christmas". Es war anders als alles, was ich bis dahin erlebt hatte, und es hatte, trotz allem, seine schönen Momente.

Der Tag der Abgabe kam nach einer Nacht, in der ich nicht geschlafen hatte. Inzwischen war ich um Jahre gealtert, hatte ein paar Kilo zugenommen, aber die Geschichte, die war fertig. Und um die ging es ja schließlich. Man hatte Weihnachten bei mir bestellt. Man sollte Weihnachten bekommen. Heiner hatte sich auf der Party erwartungsgemäß betrunken und war dann in einem Taxi nach Hause gefahren. Dort angekommen traf er auf den Weihnachtsmann, der es sich in Heiners schicker Wohnung längst bequem gemacht hatte. Die beiden tranken die ganze Nacht hindurch und am nächsten Tag beschloss Heiner, seine Bleibe aufzugeben und zum Weihnachtsmann zu ziehen. Die Geschichte war schlecht und sie war an den Haaren herbei gezogen. Ich wusste es und doch hoffte ich, damit durch zu kommen, was natürlich nicht geschah.

Der Redakteur las die Geschichte, die ich „Heiners Traum" genannt hatte. Als er fertig war, senkte er das Blatt, sah mich an und sagte:
„Frau Blockmann,... ich meine, nicht, dass es schlecht ist..." Er zögerte.
„Frau Blockmann, es ist richtig mies und es ist nicht weihnachtlich. Was soll das?"
Ich sah ihn an und alles, was mir einfiel war ein gedehntes „Ach", bei dem ich Zeit gewann, die ich nicht brauchte. Wozu auch? Er hatte ja Recht.

Wieder verließ ich das Verlagshaus durch die große Drehtür. Ich lief los in Richtung Bushaltestelle. Entlang der Straße brachten Techniker die ersten Lichterketten an den Bäumen an. Ich kaufte eine Tüte mit gebrannten Mandeln und stellte mich zu den anderen Wartenden an die Haltestelle. Vielleicht nächstes Jahr, dachte ich und fand, dass es nach Schnee roch.

Heidrun-Auro Brenjo

Fortbildung

Das Wochenende ist vorbei. Jetzt sitze ich hier in der Schule und fühle mich deplaziert. Ich denke an die Ausbeute des Wochenendes. Kiloweise Kastanien haben wir gesammelt. Rotbraune, leuchtende Früchte. Herrlich glänzend liegen sie auf dem Tablett in der Küche. Vielleicht werde ich Wunschketten basteln oder lasse sie liegen und genieße ihren Anblick. Fotografiert habe ich sie schon.

Sonnenstrahlen quetschen sich durch die gold-grün gefärbten Blätter des Baumes vor dem Seminarraum. Eine alte Fabrik versperrt der kämpfenden Sonne den Zugang. Monoton labern im Klassenzimmer irgendwelche Mitschülerinnen synchron zum Grunzgeräusch der Kaffeemaschine. Der Dozent fühlt sich nicht ernst genommen und versucht sich verbal durchzusetzen.

Die Dame vorne links wühlt geräuschvoll in ihrer Tasche.

„Muss das so laut sein?"

Eine andere stöckelt zur Kaffeemaschine, um dann unsensibel und lautstark den Löffel in der Tasse umzurühren. Im Bauerngang platscht sie dröhnend an mir vorbei.

Eine weitere Störung hemmt den Informationsfluss des Dozenten. Ein klemmender Fenstergriff verhindert ein friedliches Öffnen.

Die beiden Mädchen hinter mir verarbeiten flüsternd ihr Wochenende. Der Zweimeterdozent, in Golfhose, mit kurz rasierter Frisur, kämpft um jeden Augenkontakt.

Ich habe keine Ahnung, worum es geht. Aus mir kommt ein unkontrolliertes, gelangweiltes Raunen. Der Dozent zieht die Kreide über die Tafel. Das Quietschen macht mir eine unangenehme Gänsehaut.

Das rhythmische Fußspiel einer Mitschülerin schräg gegenüber macht deutlich, dass sie mit Sicherheit nicht von dem Lehrstoff fasziniert ist.

Eine fette Schmeißfliege kommt ins Klassenzimmer geflogen. Sie trägt heute lila. Zielstrebig setzt sie sich auf den angebissenen Apfel, der hinter dem Buch meines Vordermannes versteckt liegt. Der plappert gerade mit drei anderen Damen gleichzeitig. Die Schmeißfliege lässt sich Zeit und genießt den angebissenen Apfel. Den würde ich jetzt nicht mehr essen.

Der Dozent wiederholt:

„Delta M bzw. Ausgangsbasis 25 = 25 %"

Mir fällt ein, dass ich unbedingt Waschpulver und Gemüsebrühe kaufen muss. Es ist elf Uhr. Wie grauenvoll. Erst elf Uhr. Meine Lieblingsschuhe sind jetzt endgültig hin. Eine Reparatur lohnt sich nicht mehr, meint der Schuhmacher. Neue Schuhe kosten mindestens 100 Euro und bergen nicht die Garantie, dass sie Lieblingsschuhe werden. Igittigitt: die fette Fliege attackiert den Lehrer.

„Den Erlös, 24 Stck. absetzen..."

Er bemerkt, dass ich mich nicht für seinen betriebswirtschaftlichen Lehrstoff interessiere. Kurz abgelenkt schlägt er nach der Fliege und erzählt weiter.

Mein Magen fängt an zu knurren. Kirchenglocken läuten von irgendwo. Ich denke an Weihnachten. Ingwerplätzchen. Nelken, ich rieche Nelken, Tannengrün und Zaubermärchen fallen mir ein. Hoffentlich haben wir viel Schnee zu Weihnachten. Dieses Jahr möchte ich unsere Girlanden über die Türrahmen hängen, damit die elektrischen Kerzen in dem Grün besser rauskommen. Wo ist eigentlich die Weihnachtskiste? Auf dem Dachboden, ganz hinten? Ja, wenn ich einen hätte.

Im Keller steht die Kiste mit den Weihnachtstassen und dem Weihnachtsschmuck.

Jetzt muss ich aber endlich am Unterricht teilnehmen. Ich will jetzt zuhören.

Mein Magen wird zum beißenden Dobermann. Ausgerechnet heute habe ich nur zwei Euro in der Tasche. Bei dem Dozenten fallen und steigen die Absätze immer noch. Ich tanze mit den Knien und trommle mir auf die Schenkel. Die Umsätze verdoppeln sich. Den negativen mathematischen Kunstbegriff brauchen wir uns nicht zu merken oder zu verstehen. Die Blöde vor mir versucht intellektuelle Kommentare loszuwerden. Wenn sie nur zum Luftholen ansetzt, wirkt sie schon schrullenhaft. Ihre Anmerkungen erinnern mich an Gartenarbeit, schroff und wüst. Oh Gott, vergib mir.

„Preisabsatzposition, der Knick ist bei genau 30."

Was ist los? Vielleicht kommt ja wirklich bald ein Prinz zu mir? Ich will jetzt endlich hier raus.

Wie unordentlich die freien Bänke da hinten stehen. Teilweise für einige Damen als Ablage dienend. Mir kommt es vor wie ein Schlachtfeld. Ich suche die Degen und die Kanonen. Was habe ich nur für Gedanken?

Er wieder: „Die Mischkosten, die Einzelkosten können fix oder variabel sein."

Sollen sie auch. Ist mir doch egal. Ich habe Hunger.

Was könnte ich denn heute kochen? Vanillepudding mit

Quark, Blaubeeren und Ahornsirup? Hirseauflauf mit Möhren und Gorgonzola?

Wann ist dieser schrecklich langweilige Unterricht endlich zu Ende? Meine Zehen werden kalt. Ich glaube, dass die Sandalenzeit für dieses Jahr vorbei ist. Eine forsche Diskussion ist entfacht. Habe ich etwas verpasst? Elfuhrvierzig. Noch bis zwölf Uhr aushalten.

Ach so, die diskutieren Mischkosten und Einzelkosten, Preisstrategie, würg, die kommen aber auch zu keinem Ergebnis hier. Jetzt ist es der Hochpreis, dann der Niedrigpreis, jetzt will er auch noch amortisieren. Was will er?

Zu meiner Friseurin gehe ich jetzt aber wirklich nicht mehr. Sie hat sich alle Chancen kaputt gemacht. Jedes Mal habe ich eine Außenrolle, wenn ich aus ihrem Laden komme. Jetzt reicht es mir. Nur noch fünf Minuten bis zwölf Uhr. Zum Glück gibt es hier keinen Pausengong, der mich brutal erschlagen würde.

Der labert ja immer noch. Jetzt bezieht er sogar die Japaner mit ein. Ja, ja, wenn der Esel nicht schwimmen kann, bekommt das Wasser die Schuld.

Meine Gedanken rutschen immer wieder ab. Ich darf jetzt nicht mehr reisen. Ich muss jetzt wach werden, sonst versäume ich meine schwerverdiente Pause.

Endlich, die Stunde ist vorbei.

Volker Krauleidis

Tir na nog

Kurz vor dem Jahrtausendwechsel besuchten wir erneut Achill Island, zum letzten Male waren wir 1996 hier gewesen. Als wir die Brücke bei Achill Sound überfuhren, schien alles unverändert. Die Veränderung war jedoch schon in Sweeny's Supermarket zu erleben, in jeder Ecke sah man Jugendliche mit Mobiltelefonen, vor dem Ausgang stand ein Internetapparat. Ich fragte mich, wie so oft auf dieser Reise, wie weit diese Entwicklung noch gehen sollte.

Am Abend, im Pub in Dooagh hatte ich Gelegenheit mit einigen älteren Leuten über die Entwicklung der letzten Jahre reden zu können. Sie zeigten sich ebenso besorgt wie ich, das extreme wirtschaftliche Wachstum der letzten Jahre trug bereits die ersten bitteren Früchte. Sie beklagten die langsame Auflösung der Familienstrukturen, die Errichtung von Einheits-Bungalows und die deutlicher werdende Trennung von Habenden und Nichthabenden.

Als wir umherfuhren, bemerkte ich noch eine andere Veränderung. Auch 1996 noch war zu vermuten gewesen, dass die zahlreichen verbliebenen, verfallenen Rohbauten in der Tat kein Richtfest mehr erleben würden. Doch was so lange galt, fand nun ein Ende. Bei Cloghmore war das uralte Cottage, das ich alle Jahre wieder in Frieden ruhen sah, schon teilweise abgerissen, am Rande zur Straße lagerten bereits die Steine für den zeitgemäßen Neubau.

„Eine menschliche Siedlung, die man nach ihrem Tode in Frieden gelassen hat."
So hatte es der, der vor über 40 Jahren hier war*, ausgedrückt.

Immer wenn ich hier war, dachte ich auch an ihn, es war erhebend, dass seine Aussage mehr als 40 Jahre Bestand hatte. Hier reichten sich, so schien es, Vergangenheit und Zukunft friedlich die Hand. Die Zukunft kam hier nicht mit Planierraupen, Presslufthämmern und Schaufeln daher, die ungeliebte Ahne zu morden.

Ich hatte in den letzten Jahren meine Gastgeber immer dafür bewundert, dass sie alte Häuser nicht ausschlachteten und dem Erdboden gleichmachten (wie es in meiner Heimat üblich ist).

So viele Häuser hatte ich hier gesehen, sie standen leer, die Veränderung über die Jahre war minimal. Auch nach Jahrzehnten waren sie als Behausung von Menschen zu erkennen und betrat man sie, erzählten sie wortlose Geschichten. Hunderte Geschichten haben sie mir erzählt, verteilt über ganz Irland, seit wenigen Jahren oder seit Jahrzehnten unbewohnt. Sie waren kleine Museen, jedes für sich, auch wenn es ihnen dieser ehrfurchtheischenden Bezeichnung ermangelte.

Ich fragte mich, wie viele Jahre eigentlich die Begriffe „Abrisshaus", „Ruine" und „National Monument" zu trennen vermögen.

Fast immer standen noch die Möbel darin, selbst Zeitungen waren zu finden, wo sonst hätte man so viel Einblick für so wenig Mühe bekommen. Die 20er Jahre, die 50er, die 70er, Cottages ohne Toilette, aber schon elektrifiziert, wer Augen hat, der sehe, eine ganz landesspezifische Entwicklung offenbarte sich dem Seher. Waren sie den Einheimischen auch nicht nur Abrisshäuser (wie man dies bei uns empfindet)? Wären sie sonst so lange erhalten geblieben?

Mar sin féin, is bocht an rud é tithe mar sin a leagan. *

Doch nun war ihre Ruhezeit abgelaufen. An der durchfeuchteten Wand klebte schon der hierzulande übliche Zettel, es wurde um Erlaubnis für den Abriss (demolish) und eine Neuerrichtung ersucht.

Das in englischer Sprache verfasste Abrissersuchen erklang in meinem Innern nach der Art unserer deutschen Verwendung des Wortes, nämlich etwas niederträchtigerweise kaputtmachen, es demolieren. Dieses landestypische Bauersuchen erinnerte mich an die traurigen Zettel, die man bei uns in Deutschland auf Friedhöfen findet: „Ruhezeit abgelaufen!"

Auch die letzte Heimstätte ist nur gemietet, zahlt keiner mehr, wird zwangsgeräumt. Klein sind sie meist, die Gräber auf den Friedhöfen meines Heimatlandes, noch kleiner der Grabstein, klein wie die Mietwohnung, die die ehemals Lebenden bewohnten. Nicht einmal diese letzte Örtlichkeit wird man ihnen lassen.

Wird den ehemals Lebenden auf dem Friedhof, der hier eine kurze Strecke weiter an den Atlantik grenzt, das gleiche Schicksal zuteil werden?

Am nächsten Morgen durchfuhren wir Achill Sound, den Hauptort der Insel. Kurz vor der Kirche erlebte ich etwas, das hier eigentlich nicht vorkommt, ich geriet in einen Stau.

Ich sah zahlreiche Leute aus der Kirche kommen, ein Dutzend Wagen fuhr von der Kirche weg. Ich nutzte die nächste Lücke und ordnete mich ein, eigentlich wollte ich zum Supermarkt. Als ich eine zeitlang in der Schlange mitgefahren war, eröffnete mir die nun gerade Strecke, was meinem Auge aufgrund der Kurven bisher verborgen geblieben war.

An der Spitze der Schlange fuhr ein schwarzer Wagen - ein Leichenwagen!

Auch hinter uns befanden sich mehrere Wagen, ich wollte vor dem Supermarkt blinken und abbiegen.

Aus einem unerfindlichen Grund tat ich es nicht, so fuhr ich mit der Kolonne weiter, bis zum Friedhof. Auf dem Wege passierten wir ungezählte Skelette menschlicher Siedlung, sie waren tot, tot wie der Unbekannte, dem ich nachgefahren war. Die 90er Jahre, die 70er, die 30er, die Häuser der Vorfahren des Unbekannten glitten vorbei, er wurde zurückgefahren. Sean, Conor, Brian oder wie auch immer dein Name war, ich fuhr mit, für dich und für *Tir na nog**.

Am Friedhof jedoch fuhr ich geradeaus weiter, denn es war nicht mein Ort und nicht meine Zeit....

* der vor über 40 Jahren hier war:
Heinrich Böll, geschildert im „Irischen Tagebuch"

*gälisch, sinngemäß: Jedenfalls ist es eine Dummheit,
solche Häuser abzureißen

* Tir na nog ist eine keltische, vorchristliche Bezeichnung für
das Paradies und für die irischen Inseln...

Bertl Bähr

Eine unvergessene Weihnacht
(Leise rieselt der Schnee)

In den Herzen wird's warm, still schweigt Hunger und Harm, Sorgen des Lebens verhallt, freue dich, Christkind kommt bald.

Es ist dieser zweite Vers von „Leise rieselt der Schnee", der mich eigentlich seit meinem sechsten Geburtstag an die Kraft des Gebetes glauben lässt und der mir die vorweihnachtliche Zeit so besonders wertvoll macht und in mir immer wieder Glöckchen zum Klingen bringen lässt.

Wir schreiben Heilig Abend 1933.

Es war kein Jahr wie die wenigen, an die ich mich seit meiner Geburt 1927 noch erinnern konnte, aber es war so einschneidend in mein ganzes weiteres Leben, dass ich es aufschreiben musste.

Wir, damals vier Geschwister, hatten liebevolle Eltern und ein warmes, friedliches Zuhause. Wir Kinder merkten daher schon sehr bald, dass irgendwie alles anders werden würde.

Der Vater war plötzlich, nachdem er ein paar Wochen weg war, immer zu Hause. Die Eltern waren fast immer ernst und traurig. Lachen gab es kaum mehr, ja es wurde ein Fremdwort.

Täglich bei Einbruch der Dunkelheit zündete die Mutter einen Wachsstock an und dann wurde gebetet. Für viele Anliegen, es ging immer ums Bitten und Danken. Zuletzt aber hieß es: Bitte lieber Gott hilf, dass der Vater sich zurückhält und nichts mehr sagt. Für meine Geschwister und mich war das einfach unbegreiflich, wo doch unser geliebter Vater so ein ruhiger guter Mensch war. Wir

Kinder konnten zu dieser Zeit nicht verstehen, was dieses Schlussgebet bedeuten sollte.

Und nun warteten wir voll Sehnsucht auf das Christkind, das bestimmt alles gut machen würde. Aber außer Beten gab es in diesem Jahr keine Vorbereitung auf dieses Fest. Der jährliche Gang mit dem Vater zu seinem Freund dem Förster, wo wir uns jedes Jahr voll Freude ein Bäumchen aussuchen durften, blieb genauso aus, wie das Plätzchenbacken mit der Mutter. Schneeflocken fielen und im Kindergarten wurde gesungen „Freue dich, Christkind kommt bald". Wir waren doppelt brav und trauten uns kaum zu atmen vor lauter Erwartung, denn es war Heilig Abend. In dieses Warten auf das Christkind kam das Weinen meiner Mutter.

Es war sehr traurig als sie uns ansah und sagte: „Heute kann das Christkind nicht zu uns kommen, weil es so viele arme Menschen gibt. Außer Kartoffeln habe ich auch nichts zu essen für euch."

Es war so schwer zu begreifen. Wir waren einfach enttäuscht und furchtbar traurig und sollten auch hungrig ins Bett. Wir zerbrachen uns den Kopf darüber, warum das Christkind gerade zu uns nicht kommen wollte. An Schlafen war nicht zu denken. Mit all unseren Gedanken und Sinnen lauschten wir auf das kleinste Geräusch, das von draußen kam. Wir drückten uns auch die Näschen an den Scheiben platt, an die Kälte und Schnee glitzernde Blumen gemalt hatte. Wir fanden aber nicht was wir suchten.

Plötzlich – ein feines leises Klingeln: Hatten wir etwa schon geträumt? Dann ein Klopfen an unserer Tür. Jetzt waren wir nicht mehr zu halten und bevor es die Eltern konnten, rissen wir die Türe auf.

„Ein Wunder, ein Wunder!", riefen wir.

Draußen vor der Tür und auf jeder Treppenstufe standen Engel, jeder mit einem Päckchen in der Hand. Der erste Engel war schon etwas älter (für uns war es natürlich das Christkind persönlich) und trug ein wunderschön geschmücktes Bäumchen, an dem viele Kerzen brannten.

Es gab so viele gute und schöne Sachen und der Jubel kannte keine Grenzen. Aus tiefem Herzen stimmten die Eltern mit uns Kindern „Stille Nacht, heilige Nacht" an. Die Mutter sagte nur: „Wenn die Not am größten ist, ist Gottes Hilfe am nächsten."

Was war geschehen?

Die Lehrerin des Mädcheninternats St. Ursula hatte von unserer großen unverschuldeten Not gehört. Mein Vater war Widerstandskämpfer und hatte seine Arbeit und seine Rechte verloren. Er war deshalb zuerst eingesperrt und bekam danach Hausarrest. Wir bekamen keine Unterstützung und Menschen, die uns halfen, mussten dies heimlich tun.

Und so bete ich noch heute für unsere Wohltäter, weil Beten wirklich hilft. Weihnachten ist seit dieser Zeit immer etwas Besonderes, weil es vor allen Dingen ein Fest des Friedens und des Dankes ist.

Matthias Schwendemann

Auf dem Dach stört die Tauben das Gekrächze der Krähen

Verwirrt und langsam verzweifelnd fahren meine Hände, während sie beginnen unmerklich zu zittern, an der kalten Glasfassade des Discounters entlang und versuchen die Treppe wieder zu finden, die auf das Dach des Parkhauses führt, auf dem die Großstadt weiter weg ist als man denkt und zu einem kleinen Garten, der, mit einem dieser Gärtner, dessen Gesicht sonnengebräunt und entspannt ist, der Geschäftigkeit und der Einsamkeit trotzt.

Ich suche die nackten Steinskulpturen von korpulenten und mageren Frauen ohne Kopf, die die Treppe säumen und die zwei für mich völlig unbestimmbaren Kakteen, die das Ende des Aufstieges verkündeten. Die Treppe ist nicht besonders lang und hätte man etwas mehr als die Hälfte der Stufen geschafft, könnte man erblicken, was am Ende der Treppe auf den geduldigen Bergsteiger wartete.

„Und du bist dir sicher, dass das hier war, was du suchst? Ich glaube, du warst zu lange weg und verwechselst einfach die Städte!", unterbricht sie mich mit ihrer hell klingenden Krähenstimme, die mich schon so oft im absolut richtigen Moment aus meinen Träumen gerissen hatte.

„Natürlich bin ich mir sicher, solange war ich doch auch nicht weg."

Als sie mich ein wenig spöttisch ansieht und ihren Kopf schief stellt, fällt mir meine Mutter ein, die einmal, kurz nachdem ich hier, also in dem Garten den ich suche, stehen gelassen wurde, fast ermahnend zu mir sagte:

„Na, hast du schon wieder eine versaut?"

Ich blicke ihren Vogelkopf an, stelle mir ihr Gekrächze vor und überlege mir, ob ich nicht bald wieder eine versaue. Vorstellen kann ich es mir gut. Ich weiß nicht einmal, ob ich ihr den Garten überhaupt zeigen will. Wahrscheinlich würde sie nur die Tauben verärgern. Ich mag sie wirklich und ich bin mir sicher, dass sie es genießen würde. Der absichtlich schüchterne Kuss auf ihren Hals, meine Finger, die leise ihre streicheln, mein liebevolles Flüstern in ihrem Ohr.

Und vielleicht erfährt sie das noch, wenn ich den Garten wieder finde. Es könnte während eines Sonnenunterganges sein, die Dächer der Stadt wären in rotes Blut getaucht, bald würde es dunkel sein, die Geräusche einer zu Ruhe kommenden Stadt würden langsam den leisen Vogelstimmen den Hauch einer Chance geben und das Ozonflimmern in der Luft eines heißen Sommertages würde mit der Sirene irgendeines Fahrzeuges in der Dunkelheit verschwinden, wie an dem Tag, als ich mit ihr hier war.

Schreckensvisionen über das Schicksal des Gärtners verdrängen plötzlich ihr Gekrächze und ich bekomme Angst, dass das Parkhaus wirklich nicht mehr da sein könnte.

Ich frage mich, ob jemand Blumen auf sein Grab gelegt hat und ob ein paar Farne sein Grab umhüllen, wie sie auch das Gartendach des Parkhauses umrandeten, so dass man es kaum sehen kann, wie er es sich manchmal leise zu den Tauben flüsternd gewünscht hatte.

Seine Studenten hatten ihn schon damals vergessen und all die Menschen, die vorgaben ihn gekannt zu haben, hatten ihn längst verdrängt. Es waren nur noch die Tauben da, die sich um ihn kümmerten. Sie landeten auf dem Fensterbrett seiner kleinen Hütte, von dem aus man den kleinen Gemüsegarten und das Rosenbeet sehen konnte und brachten ihm singend die Nachrichten aus der Welt und aus der Stadt und deshalb wusste der Gärtner auch schon oft bevor ich es selber wusste, dass ich auf dem Weg zu ihm war und er wusste auch, ob ich die Stufen alleine erklimmen würde, oder eine mutige Bergsteigerin an der Hand führte. Kam ich alleine, fragte er mich, ob denn die Frauen plötzlich für mich nicht mehr an Bäumen wachsen würden. Und war ich in Begleitung, so wurde er zu einer stummen Reliquie, in einem romantischen Bild über den Dächern einer Stadt und pflegte die Rosen in ihrem kleinen Beet.

An jenem Tag war ich nicht allein gekommen und er trug den breiten Sonnenhut aus Stroh, den er immer beim Arbeiten trug und nicht die abgetragene, von der Sonne ausgebleichte Baseball-Mütze, die er getragen hätte, wäre ich alleine gekommen.

In Gedanken steige ich auf einmal die Treppen hinauf, entferne mich von den Krähen dieser Welt. Ich streiche mit den Händen durch die Farne, die in geschickt angelegten Beeten die Treppengeländer an beiden Seiten ersetzten und beobachte kurz zwei rote Käfer, die sich wohl paaren. Mittlerweile bin ich so hoch, dass ich das Efeuportal sehen kann, das in den Garten führt.

Die meisten Leute, die sich hierhin verirren, kehren an dieser Stelle um, in der festen Überzeugung, vor ihnen gibt es nur eine mit Unkraut bewachsene Betonwand und eine wohl für irgendwelche Mechaniker oder Handwerker des Parkhauses gebaute und dann schnell vergessene Treppe. In Wirklichkeit ist lediglich das Efeuportal zu dicht und verhindert bei nur schnellen Blicken den rettenden Einfall, dass man vielleicht nach links abbiegen müsste und nicht geradeaus laufen kann, um in das Reich des Gärtners zu gelangen. Durchschreitet man jedoch das

Portal, riecht man die Rosen und hört das Plätschern des winzigen Bächleins, das der Gärtner auf dem Dach angelegt hat und das in einen kleinen Teich fließt, in den im Herbst ganz selten Kastanien von dem großen Kastanienbaum in der Mitte des Gartens fallen und dann an der Oberfläche schwimmen, wenn der Wind stark genug ist.

Bei meinem ersten Besuch in diesem versteckten Paradies, das weder zur Stadt noch zum Himmel gehört, erschreckte mich der steinerne Amor, der mit seinem kleinen Betonpfeil auf jeden Besucher zielte, der den schmalen Pfad zur Hütte des Gärtners betrat. Mittlerweile grüße ich ihn regelmäßig, manchmal heimlich, manchmal überschwänglich und immer antwortet er mir mit einem wissenden, leicht bedauernden Lächeln.

Umso näher ich der Hütte komme, umso ruhiger lässt mich das immer gleiche Gegurre der Tauben werden. An diesem Tag, als ich mit ihr zwischen der Kastanie und dem rostenden Metallwachhund stand, trug der Wind melancholische Geigenmelodien von einigen trauernden Straßenmusikern in den Garten hinauf und ich musste an das Liebesgedicht denken, das ich als Teenager meiner ersten Freundin geschrieben habe.

Und ich dachte daran, wie sie mich auslachte, lange, laut und dann zu ihren Freundinnen rannte und mein Liebeszeugnis wie das Machwerk eines kleinen, verblödeten Affen präsentierte. Während ich mich in der Vergangenheit verlor, dachte sie an die Gegenwart. Ein Gefühl der Geborgenheit überkam mich und als mir bewusst wurde, dass sie immer noch neben mir stand, barfuß im langsam feucht werdenden Gras, wollte ich für immer mit ihr hier stehen. Wollte ihre Hand nehmen. Wie hätte ich damit rechnen sollen? Ich konnte das nicht erwarten. Woher sollte ich wissen, dass sie so grausam war?

Der Garten und der Gärtner hatten mit der Zeit die Überzeugung in mir wachsen lassen, dass am Ende immer alles gleich wurde. Irgendwann würde sich wieder alles bis ins Detail gleichen. Das Streicheln, das Lächeln, die kleinen geheimen Intimitäten, die ein Pärchen mit der Zeit entwickelt und von denen es denkt, sie seien niemandem sonst auf der Welt zugänglich. Alles ist dasselbe. Und wegen dieser Sicherheit, die ich hatte, war ich niemals nervös, wenn ich mit einer Frau hier war.

Aber an diesem einen Tag, als ich mit ihr hier war, hatte ich Angst. Zum ersten Mal. Angst, dass meine Welt nicht genug für sie sein könnte, dass ich nicht genug sein könnte. Angst, dass sie Dinge fordern könnte, von denen ich glaubte, dass sie mir verboten seien.

Der Gärtner war hier, weil er zu sonderbar für die Welt war und die Welt seine Besonderheit für zu wenig gehalten hatte.

Früher hatte er so gewissenhaft und dabei völlig aufrichtig in der Nacht gearbeitet, dass er es sich leisten konnte, am Tage, verdientermaßen schlafend, für niemanden erreichbar zu sein. Auch der Garten war wunderschön und furchtbar traurig, ohne jemals von ihm akkurat gepflegt worden zu sein. Ein wenig Laub bedeckte immer würdevoll die kleinen Wege und unerwartete Pflanzen, die aus dem Dach des Parkhauses in den Garten empor krochen, wurden, ebenso wie die Rosen, willkommen geheißen, gepflegt, gegossen und an den richtigen Stellen gestutzt. Ich glaubte oft das Bedürfnis der Pflanzen zu leben spüren zu können und dieses Gefühl ging dann auf mich über. Manchmal stellte ich mich neben die Kastanie, blickte über die Dächer der Stadt und wurde ein Baum.

„Ich habe keine Lust mehr. Hör auf zu suchen und lass uns gehen.", krächzt es hinter mir.

Immer mehr Erinnerungen an sie kommen plötzlich zurück und ich verstehe auf einmal, warum ich das Parkhaus und den Garten nicht finde und nicht mehr finden werde.

Margarete Teusch

Der Weihnachtsfussel

Ich starrte auf das Päckchen, das mir der Postbote heute am 24. Dezember in die Hand drückte und erkannte die Schrift meines Bruders.

„Wir machen uns doch gar keine Weihnachtsgeschenke", war mein erster Gedanke.

Egal - ich riss die Verpackung auf und vor mir lag ein Kästchen, welches mir beim Öffnen ein fast zärtliches Lächeln abverlangte.

„Der Weihnachtsfussel von MEINEM Christkind", ich dachte diese Worte erst ganz langsam, um ihnen Würde zu verleihen und ganz leise, ehrfurchtsvoll und lautlos formten meine Lippen das Gedachte.

Ich musste mich erst einmal hinsetzen und las den Brief, den mir mein Bruder dazu gelegt hatte. Er schrieb mir, dass er dieses Kästchen in einem alten Schrank meiner verstorbenen Eltern gefunden habe und er glaube, dass der Inhalt des Kästchens sicher eine Bedeutung für mich hätte. Da war sie wieder, die Erinnerung.

Ich war vielleicht vier, fünf Jahre alt und wurde morgens in aller Herrgottsfrühe von einem ungewohnten Geräusch geweckt und ging schlaftrunken zur Türe, um nachzuschauen, was denn los sei. Gott sei Dank - die Schlafzimmertür war nur angelehnt, so dass ich, ohne bemerkt zu werden, einen Blick in die Diele werfen konnte. Ich sah, wie Papa einen Riesenweihnachtsbaum quer durch die Diele ins Wohnzimmer zog. Mutti ermahnte ihn, leise zu sein, damit wir Kinder nicht wach werden würden.

Also wartete ich ab, bis die Beiden im Wohnzimmer verschwunden waren und die Türe sich hinter ihnen schloss. So geräuschlos wie möglich näherte ich mich vorsichtig der Wohnzimmertüre. Unter mir knackste der Holzfußboden etwas.

Purzi, mein Hund, stand einige Meter weiter im Türrahmen der Küchentüre und seine Öhrchen spitzten sich verheißungsvoll. Wir hatten Blickkontakt und Purzi wusste ganz genau, dass es jetzt irgendwie besonders darauf ankam, dass er still war und sich nicht rührte.

Ich hielt mir das linke Auge zu, um mit dem rechten besser durch das Schlüsselloch sehen zu können. Wer weiß, wie lange es mir vergönnt war, einen Einblick in das „Allerheiligste" zu wagen.

Irgendwie wurden plötzlich meine Augen vom vielen Schlüsselloch-Gucken müde und ich machte eine kleine Pause. Ich schaute wieder zu Purzi und irgendwie auf den Fußboden und da sah ich ihn.

Er lag vor meinen Füßen.

Ein kleiner weißer Fussel, so fein, dass er bei jeder Bewegung, die ich tat, hin und her schwebte. Ich bückte mich vorsichtig zu ihm hinunter und nahm ihn in die Hand.

Ob es goldenes Engelshaar war oder eine glänzende Feder konnte ich nicht sagen, nur eines war mir klar, dass es etwas Heiliges war, etwas, das nicht von dieser Erde stammte, sondern aus dem Himmel kam und ich war mir jetzt sicher, dass das Christkind tatsächlich persönlich zu uns in unser Weihnachtszimmer gekommen sei und diesen Fussel verloren habe.

Ich hielt den Atem an und auch Purzi saß wie erstarrt da.

So sehr ich mich auch anstrengte, irgendwas zu hören -
außer Papiergeknister und Stühlerücken drang nichts zu
mir nach draußen.

„Mutti könnte doch mal mit dem Christkind sprechen,
es vielleicht mal fragen, was es uns schenken will. Ob
meine Puppen alle wieder aus dem Himmel zurück seien,
ob mein Kaufmannsladen wieder, wie in all den Jahren
zuvor, voll beladen, in der Ecke stehen würde."
Jedes Jahr, zwei, drei Wochen vor Weihnachten, waren
alle meine Puppen plötzlich verschwunden.
Evelyn, Claudia und Hansi - meine Spielgefährten, wurden regelmäßig zur Generalüberholung in die himm-
lische Weihnachtswerkstatt gebracht, und ich war immer
wieder überrascht und erleichtert, wenn ich sie „aufge-
motzt" unter dem Weihnachtsbaum sitzen sah.

Die Gesunden wurden gewaschen, bekamen wieder rote
Bäckchen angemalt und neue Kleider angezogen und
manchmal auch neue Strümpfe und Schuhe. Die neuen
Strümpfchen waren unbedingt nötig, weil sie vom vielen
An- und Ausziehen immer ziemlich mitgenommen aus-
sahen.
Ich war zurück in meiner Kindheit...

„Dieses Jahr war für Evelyn ein schlechtes Jahr. Sie
musste unbedingt in die Puppen-Klinik, sie sah ziemlich
ramponiert aus.
Evelyn ist meine Lieblingspuppe. Sie hat hellblonde,
seiden glänzende, lang gelockte Haare, hellblaue Augen
und ein feines glattes Gesicht. Ich mag sie deshalb so
gern, weil man ihre Haare so prima kämmen kann.
Außerdem habe ich für sie, letztes Jahr Weihnachten, ein
paar Anziehsachen geschenkt bekommen, die ich ordent-
lich in einem kleinen rotkarierten Papp-Köfferchen mit
Schnappschloss aufbewahre.

Evelyn ist einfach wunderschön. Doch vor ein paar Wochen wurde Evelyns Arm ausgekugelt, als meine Freundin Dagmar sie mir aus der Hand reißen wollte.

So sehr ich mich auch bemühte, es gelang mir nicht Evelyns Arm wieder an ihrem Körper zu befestigen. Außerdem war eines ihrer Glasaugen bei dem Kampf eingedrückt worden. Sie war so fürchterlich, die Erinnerung, als ihr Glasauge durch den ganzen Körper bis zum Po runter gefallen war. Es hat so gescheppert. Ich habe sehr geweint, aber davon ist auch nichts besser geworden.

Dann habe ich ja noch den Hansi, eine männliche Puppe. Hansi ist ziemlich uninteressant. Irgendjemand hat ihn mir mal geschenkt. Er hat Sepplhosen an und einen Tirolerhut auf dem Kopf. Was will man schon mit einem solchen Hansi anstellen? Aber nun ja - er sitzt halt eben dabei.

Umso lieber spiele ich mit Claudia, meiner Babypuppe. Babypuppen braucht man halt. Mit Babypuppen kann man üben - für später. Für Claudia habe ich richtige Windeln, auch Creme und Puder. Ich kann Claudia sogar baden, sie weicht dabei überhaupt nicht auf. Mit Claudia muss man sich viel mehr beschäftigen, sie ist ja ein Baby und Babys muss man öfter trockenlegen und auf dem Arm halten, damit sie z.B. Bäuerchen machen können.

Das Christkind hatte ihr letztes Jahr eine rosa Ausfahrgarnitur geschenkt. Mutti hat dem Christkind - glaub ich - beim Häkeln geholfen."
Ich saß da, mit meinem Weihnachtsfussel in der Hand, neben meinem eigenen Weihnachtsbaum, der noch bis zum Abend geschmückt werden musste und hatte irgendwie auf einmal Plätzchen-Düfte in der Nase und meine Gedanken gingen wieder zurück.

Abends schickte man mich - früher als sonst - ins Bett. Ich hab aber dann auch nicht rumgemotzt, sondern bin gerne ins Bett gegangen, weil ich wusste, dass jetzt in der Küche Weihnachtsvorbereitungen getroffen wurden. Dann hörte ich die Nähmaschine rattern, die Stricknadeln klappern, die Schere schneiden, ich hörte Mutti den Faden abbeißen. Ganz leise sprach Mutti mit Oma, die natürlich nicht fehlen durfte, und manchmal glaubte ich, auch das Christkind gehört zu haben. Das Christkind war ganz bestimmt dabei.

An einigen Abenden waren Oma und das Christkind mit dem Plätzchenbacken beschäftigt. Nicht jeden Abend, denn wenn „Handarbeiten" angesagt war, durfte der Tisch nicht mit Teig, Schokostreuseln und Kokosflocken verschmiert sein.

Aber wenn Oma backte, roch es immer so gut - und morgens, wenn ich aufstand, lag neben meiner Tasse Kakao ein Plätzchen, welches das Christkind für mich liegen gelassen hatte.

Oma backte jedes Jahr mehrere Weihnachtsstollen. Weihnachtsstollen mochte ich nicht so sehr, so was essen die Erwachsenen lieber, ich mag lieber Spritzgebäck, da ist immer so schön viel Schokolade drauf. Ach ja - auch die Sternenplätzchen mit dem bunten Zuckerstreusel, die sahen immer so lustig aus.

Und nun liegt er vor mir: **Mein Weihnachtsfussel...**

50 Jahre sind seither vergangen - eine Ewigkeit. Es schellt draußen, sicher sind es meine Kinder.

Ich muss schnell die Wohnzimmertüre zumachen, damit sie den Weihnachtsbaum nicht schon vor der Bescherung sehen.

Ich klappe mein Kästchen zu, halte es fest und werde es in Ehren halten.

Es war das schönste Weihnachtsgeschenk in diesem Jahr. Es war noch mal ein Blick in meine Vergangenheit, meine Kindheit, meine Träume, meine Phantasien - in mein ICH.

LiLa

Seifenblasen im November...

Nebenan spielte der CD-Player laut kubanische Musik –
eigentlich sehr beschwingt, wäre sie nur in der Stimmung
gewesen, dies aufzunehmen.

Aber das war sie eben nicht... nach einem gefühlvollen
und aufwühlenden Spielfilm mit ihrem Lieblingsstar Jack
Nicholson, den sie sich heute aus der Videothek entliehen
hatte, war sie auf einmal total durcheinander, die Gefühle
spielten wieder verrückt, Vergangenes kam hoch und
schmerzte nur noch.

Eigentlich glaubte sie ja seit einiger Zeit „darüber hinweg" gekommen zu sein - aber kann man je wirklich
über eine so schmerzhafte Erfahrung „hinweg" sein?
Wenn ein Traum einfach zerplatzt wie eine Seifenblase?

Sie dachte an Michael, der einen Flug gebucht hatte,
nach Teneriffa, jetzt im Winter – so kurz vor Weihnachten
–, um sich von der anstrengenden Zeit zu „erholen", in
der sie ihre Liebe begraben hatten und die Trennung in
aller Konsequenz und mit allen Anstrengungen vollzogen
hatten.

Ihre Liebe, ja, daran hatte sie fest geglaubt. Seit fast
sechs Jahren. Damals war es ein heftiges Zusammen-
treffen - sie war selbst gerade dabei, ihre Ehe zu beenden,
als Michael auf sie traf und sich spontan in sie verliebte.
Erst zögerte sie eine ganze Weile, wollte sich nicht so
schnell wieder in eine Beziehung stürzen - ihre Dinge
zuvor erst regeln, abarbeiten, ein neues Leben an-fangen.

Aber Michael strahlte so viel Zuversicht und Liebe aus,
dass ihr Widerstand nicht lange währte. Zu glücklich war

sie auch darüber, in ihrem Leben endlich einmal aufgefangen zu werden, sich fallen lassen dürfen...

Einmal „sein" dürfen, nicht immer die Fäden in der Hand, die ganze Verantwortung tragen für Familie und Geschäft wie bei ihrem Ex-Mann.

So nahm sie gerne an, was Michael ihr zu geben hatte. Auf und ab ging es häufig, denn mit der Verantwortung für ein Kind in einem so komplizierten und schwierigen Alter wie der Zeit der Pubertät ist ein neuer Anfang nicht gerade leicht.

Fast sechs Jahre ging es so. Bei allen Schwierigkeiten hatte ihre Liebe immer Bestand und festigte sich – jedenfalls sah es so aus.

Es gab viele Gemeinsamkeiten, Humor, Lachen, viel Schönes. Für alle anderen waren sie das ideale Paar. Ein Traumpaar. Siamesische Zwillinge, die man sich niemals ohne einander vorstellen konnte.

Bis eben vor wenigen Wochen, als sich Michael - scheinbar aus heiterem Himmel - entschloss, wieder alleine leben zu wollen.

Als es ihm „zu eng" wurde, als es ihm zu lange dauerte, bis sie wirklich frei sein würde. Frei für ihn, der ja schon um einiges älter war und nur darauf wartete, sie endlich ganz für sich allein zu haben.

Sie hatte immer schon zwischen den Stühlen gestanden, weil Michael einfach nicht in der Lage war, ihr Kind wirklich von Herzen anzunehmen - ja: es einfach nur wirklich zu akzeptieren, ihm nicht Vater, sondern wenigstens ein Freund zu sein.

Immer in der Mitte stehend, immer vermittelnd, immer erfüllt von der Angst, alles falsch zu machen. Dabei gab sie sich so viel Mühe, beiden gerecht zu werden – Michael und ihrem Kind. Die Tochter würde ja bald schon das

Haus verlassen wollen, ihr eigenes Leben führen wollen - und da wollte sie ihre Liebe behalten, nicht allein sein.

So arbeitete sie immer auf das Ziel hin, den häuslichen Frieden aufrecht zu erhalten, dem Kind dennoch alles mit zu geben, was es brauchte, um erwachsen zu werden. Dem geliebten Partner auch das zu geben, was er für sich erwartete und erhoffte.

Es war einfach nicht genug. Es war irgendwie nie genug. Oft genug saugte das ganze sie aus und ihre Kraft schien am Ende - immer zweifelnd – immer sich bemühend... bis zur völligen Blindheit für die Situation.

Michael provozierte in der letzten Zeit kurz nach dem Zusammenziehen häufig kleinste Auseinandersetzungen. Um ihre Position herauszufordern? Weil er eiferte? Weil er ungeduldig war? Ja: er hatte diese Phase in seinem Leben auch schon lange hinter sich gelassen - sein Sohn aus erster Ehe war immerhin schon Mitte 30 und hatte nun selbst ein Kind.

Erst als er ihr im Sommer sagte, deutlich sagte, dass er sich einfach „entliebt" hatte - als sie erkennen musste, dass all ihre Bemühungen nicht das bewirkt hatten, was sie sich erhoffte - da erkannte sie, dass das Kartenhaus endgültig zusammen gebrochen war. Er ließ ihr und der Beziehung auch keine Chance mehr, zog sich einfach zurück, sinnierte Abend für Abend auf der Terrasse im Garten des kleinen Hauses, dass sie sich erst im vergangenen Jahr gemietet hatten.

Er sog den Rauch seiner dicken Zigarren ein, die er neuerdings rauchte, goss sich ein Glas Rotwein nach dem anderen ein – dazwischen immer wieder einen Grappa – und war unnahbar, fern, entrückt. Hüllte sich in Schweigen. Stahl sich davon.

„Lass ihm die Zeit... er ist einfach älter geworden. Ja: sogar jetzt Großvater! Das spielt alles eine Rolle mit!"

So trösteten die Freunde.

„Das ist typisch: Midlifecrisis" - unkten andere.

„Männer geben so was ja niemals zu - das ist aber so. Der wird sich schon wieder fangen. Hab Geduld."

Und sie hatte Geduld. Viel Geduld. Das Spüren seiner Unnahbarkeit bereitete immer wieder Schmerzen. Aber Micha fing sich eben nicht. So sehr sie auch wartete und hoffte und Verstehen übte. Er war fest entschlossen, noch einmal „frei und unabhängig" zu sein.

Ihre Zukunftspläne über den Haufen zu werfen... und das kurz vor seinem Sechzigsten. Niemals hätte sie daran gedacht - niemals. Sie gab ihm doch alles, was ein Mann sich nur wünschen konnte. Sie waren doch immer so lustig und so glücklich miteinander gewesen. So harmonisch... wie er sich das immer vorgestellt hatte. Zählte das auf einmal nicht mehr?

Nein. Es zählte eben nicht. Nicht in Gesprächen, nicht in den zahllosen noch folgenden Nächten, die sie nebeneinander verbrachten - oftmals noch immer in verzweifelten Gefühlen zueinander fanden... mitten in der Nacht. Mal zärtlich, mal heftig wie Ertrinkende sich aneinander klammerten und ineinander verloren.

Der Tag spielte ein anderes Spiel. Der Tag schmerzte, ließ sie auch Dinge zueinander sagen, die sie sich doch nie sagen wollten. Sie hatten sich all die Jahre doch nie gestritten.

Nun aber war es vorbei. Michael war in Urlaub geflogen. Sie würde dieses Weihnachten alleine sein. Sie wusste, dass er sich dort mit einer anderen traf - einfach so, eine Frau, die er kaum kannte, der er Avancen und Hoffnungen machte – die er eigentlich nur benutzen würde.

Eine sehr junge Frau... Denn wirklich „allein" konnte er doch nicht sein. Verbindlich aber eben auch nicht.

So flüchtete er wieder in die vermeintliche Freiheit und „Unverbindlichkeit", aus der er sich vor sechs Jahren von ihr abholen ließ.

Fast empfand sie so etwas wie Mitleid mit dieser jungen Frau. Gleichzeitig ekelte es sie an, dass er sich in seinem Alter so „anbiederte". Sie mochte sich die Situation nicht vorstellen.

Obwohl sie die erste war, die sich in dieser Situation mit anderen Männern tröstete, ihre Bestätigung so oft suchte und fand - einfach wegstecken, vergessen?

Das schien doch nicht so ohne weiteres möglich zu sein. Jedenfalls nicht jetzt, nicht heute. Noch nicht.

Und bald war Weihnachten...

Wie war noch der Schluss-Song in diesem Film? Die beiden Zeilen gaben ihr den Rest, sie weinte so haltlos, wie die Hauptdarstellerin des Filmes es tat, nachdem sie ihre Liebe verloren glaubte. Das erste mal erlösende Tränen in den vielen nerven-aufreibenden Wochen.

„You got to learn how to fall before you learn how to fly!"

Ja. Manchmal muss man lernen zu fallen, bevor man fliegt.

Boris Budisa

KÖNIGIN

Ungeachtet dessen, wie oft sie durch das kleine Turmfenster schaute, der Anblick auf ihr Land, auf ihr Königreich, erfüllte sie mit Stolz und Ehrfurcht. Von hier aus
sah sie über grüne, saftige Wälder bis hin zur Küste, die
sich am Horizont wohlwollend in den Armen der Sonne
wärmte. Wenn der Himmel klar war, konnte sie auch weit
hinten das Glitzern des Meeres erblicken, welches in der
Sonne funkelte wie tausende kleine Spiegelsteine. Sie
sah die Weiden im Gleichklang des Windes tanzen und
sie lauschte auch der Melodie der Bäche, die sich zwischen den blühenden und duftenden Bäumen ihre Wege
bahnten.

Welch ein unbeschreibliches Gefühl, welch eine unsag-
bare Wärme umhüllte in solchen Augenblicken ihr Herz,
sodass sie vor Glück die eine oder andere Träne weinte.
Die Unschuld der Natur beflügelte ihre Fantasie und
selbst der kleinste Windstoß versetzte sie in eine Welt
mit magischen Regenfällen und plätschernden Flüssen,
die sich nicht nur zwischen den Bäumen ihre Wege bahnten, sondern auch in ihr Herz.

Wenn sie früh am Morgen im Turm saß und nach
draußen blickte, sah sie, wie sich der kühle Regen verzog
und den Wald im dichten Nebel umhüllt zurückließ. Alles
war ruhig, unberührt und unbezwungen.
Ihr kam es vor, als konnte nur sie diese Schönheit der
Natur wahrnehmen und als ob ihr Herz nur für diese Au-
genblicke schlug.
Ein Gefühl der Ewigkeit übermannte sie oft, während
sie mit ihren Blicken die Baumkronen abtastete, die unten
im Tal dem Himmel entgegen wuchsen.

Wenn sie im Frühling aus dem Turmfenster schaute, sah sie die ersten Knospen der Kirschbäume im königlichen Hof aufblühen. Je öfter und je länger sie aus dem Fenster blickte, desto mehr und mehr Leben bemerkte sie im Garten, in ihrem Königreich. Sie liebte es unbeschreiblich den zarten Geruch der ersten Rosen einzuatmen und sich auch nachts an ihren Duft zu erinnern.

Der Frühling ließ alles Schlafende erwachen, ihr Herz und ihre Fantasie.

Durch das kleine Turmfenster sah sie auch hinab auf ihren Lieblingsplatz, der von saftigen und grünen Sträuchern umgeben war und mit einer riesigen Tanne gekrönt wurde.

Dort, so erinnerte sie sich, hatte sie gelernt, dem Garten, den Tieren und dem Wind zuzuhören.

Schaute sie im Sommer aus dem Turmfenster, sah sie die Fuchsfamilie, die sie einst in ihren Garten gelassen hatte, damit sie dort ohne Gefährdung weiterlebten.

Sie sah die Vögel in den vielen Wasserbrunnen spielen und sie bemerkte auch das schönste Grün der Bäume. Der Sommerwind strich ihr oft durch die seidigen Haare, wie einst die liebevollen Hände ihrer Mutter.

Der Sommer ließ alles Aufgeblühte in einem Licht erstrahlen, das ausschließlich in dieser Jahreszeit zu sehen war. Das Gold der Sonne, das Kühl des Windes und das Rauschen des Meeres vereinten sich im Sommer zu einer Tugend, die die Königin selbst im Herzen trug.

Durch das Turmfenster sah sie auch hinab auf ihren Lieblingsplatz, der im Sommer einem Thron aus Sonne und Himmel glich. Dort, so erinnerte sie sich, hatte sie gelernt mit den Vögeln, den Blumen und dem Wind zu sprechen.

Wenn sie im Herbst hinausblickte, sah sie, wie er den gesamten Wald in ein Farbenspiel der Natur getaucht hatte. Rot, Gelb und Braun beruhigten ihre Augen und begrüßten ihr Herz, denn sie liebte die kühlen Herbstbriesen in ihren Haaren.

Unten, so wusste sie, wuchsen auch die schönsten und prächtigsten Kürbisse, die jeden Tag um die Wette strahlten. Je öfter und je länger sie im Herbst aus dem Fenster schaute, desto deutlicher bemerkte sie, dass mehr und mehr Leben von ihr ging. Wie der Vorbote des Winters ließ der Herbst das Blühende verwelken und deutete auf eine Zeit der Ruhe hin.

Durch das Turmfenster sah die Königin hinab auf ihren Lieblingsplatz, der von einer Schicht aus bunten Blättern zugedeckt war, wie ein kleines, schlafendes Kind. Es kam ihr vor, als versprach ihr der Lieblingsplatz auf sie zu warten, bis zum nächsten Frühling. Dort, so erinnerte sie sich, hatte sie gelernt mit der Natur, dem Regen und dem Wind zu schweigen.

Blickte sie im Winter aus dem Turmfenster, sah sie die ersten Schneeperlen vom Himmel fallen, wie tausende kleine Luftschiffe, die ihr prachtvoll und königlich entgegen schimmerten.

Und je länger sie auf ihr schlafendes und kaltes Königreich blickte, desto deutlicher wurde ihr, wie schön und majestätisch es doch im Winter war. Sie sah und hörte die Wölfe im Schnee nach ihr rufen. Sie sah das schönste Weiß, das die Natur herzugeben vermochte und sie bemerkte auch, dass das Leben unter der dicken und frostigen Schneeschicht nur schlief.

Durch das Turmfenster blickte die Königin hinab auf ihren Lieblingsplatz, der im Schnee wie ein kleiner See aus Winter und Kälte aussah. Dort, so erinnerte sie sich, hatte sie gelernt mit dem fallenden, kalten Weiß und dem Wind zu weinen.

Wenn sie sich jedoch vom Turmfenster umdrehte, so sah sie nur eine Tür, die seit Jahren verschlossen war und hinter der sich eine lange Treppe nach unten verbarg. Diese umschlang ein dickes, rostiges Schloss, dessen Schlüsselloch die einzige Verbindung zur Außenwelt war. Manchmal, wenn die Königin ganz ruhig lauschte, hörte sie Schritte die Treppen entlanglaufen. Sie wusste, dass sie seit Jahren in diesem Turm gefangen war, wegen Hochverrats und Ungehorsamkeit ihrem Volk gegenüber!

Sie wusste auch, dass es hier im Turm gar keine Fenster gab, aber ihr war auch bewusst, dass das Fenster zu ihrer Seele und ihrer Erinnerung niemand verschließen konnte.

All das, was sie einst in ihrem Garten und ihrem Land gesehen hatte, trug sie mit voller Liebe und Hingabe in ihrem Herzen.

Sie blickte durch dieses eigene Fenster jeden Augenblick ihres Lebens, bis hin zu ihrer Hinrichtung am nachfolgenden Tag.

Hilde Bongard

Erinnerungen an Schulzeit in Ostpreußen

Meine lieben Enkeltöchter! Ihr habt mich gebeten, ein wenig aus meiner Schulzeit zu erzählen für Euer Projekt, was Ihr mit Eurer Lehrerin durchführen wollt...

Nun: Wenn ich alles genau wiedergeben sollte, dann müsste ich ein dickes Buch schreiben. Meine Augen und meine Hände sind jedoch schon müde, und so werde ich mich bemühen, Euch einen kleinen Einblick zu geben.

Mein Geburtsjahr ist 1927. Geboren wurde ich in einem winzigen Ort mit dem lustigen Namen „Tomaten" im Kreis Elchniederung in Ostpreußen. Dort gab es ca. 600 Einwohner, überwiegend Landwirte. Es gab also nur Ackerbau und Viehzucht. Damals hatten wir noch keine Elektrizität, Wasser wurde aus Brunnen geschöpft. Bei Dunkelheit spendeten Petroleumlampen und Sturmlaternen Licht.

Mein Schulbeginn war Ostern 1934 und unsere Schule war „zweizügig" mit etwa 80 Kindern. In der ersten Klasse war das erste bis vierte Schuljahr und in der zweiten Klasse das fünfte bis achte Schuljahr. Ein Lehrer musste beide Klassen und sämtliche Fächer unterrichten! Was würde ein Lehrer heute dazu sagen?

Wir saßen auf langen Bänken, an schrägen Pulten. Die ersten zwei Schuljahre wurde auf Schiefertafeln mit Griffeln geschrieben. Wisst Ihr eigentlich, was „Griffel" sind und wie das ist, auf Schiefer zu schreiben?

Wie schrecklich das oft „gequietscht" hat beim Schreiben? Ich glaube, Ihr könnt Euch dies heute gar nicht vorstellen...

Ab drittem Schuljahr wurde dann in Schreib- und Rechenhefte mit Federhalter und Tinte geschrieben.

Im Sommer begann der Unterricht bereits um sieben Uhr und endete um zwölf. Im Winter ging die Schule von acht bis eins, oft fiel dann der Unterricht wegen Kälte und großen Schneeverwehungen aus. Die meisten Kinder mussten lange Fußmärsche bis zur Schule zurücklegen. Unser Lehrer war sehr, sehr streng. Bei Ungehorsam gab es Stockhiebe mit einem Rohrstock, bei Jungen aufs Hinterteil, bei Mädchen auf die Finger.

Es wurden auch schon mal die Ohren lang gezogen! Nachsitzen und Strafarbeit gab es mehr als genug.
In der großen Pause spielten die Mädchen Völkerball und die Buben Schlagball. Viele andere Möglichkeiten hatten wir nicht. Es gab jedoch auch einen Schulgarten, dort durften wir in „Naturkunde" pflanzen, ihn durften wir pflegen und auch ernten, was wir angepflanzt hatten.

Vor Weihnachten wurde für die Eltern ein Krippenspiel einstudiert und aufgeführt. Es gab bunte Teller mit einigen Naschereien und selbst gemachten Plätzchen.
Die nächste Kreisstadt war etwa 12 Kilometer entfernt und hatte gut 3.000 Einwohner, eine Kirche, ein Kranken-haus und ein Postamt. Auch ein „Kaisers Kaffeegeschäft" - damals gab es noch keine Plastiktüten und alles wurde einzeln abgewogen und in Papiertüten gefüllt. Metzger und andere Geschäfte und eine Mühle gab es – ein Erlebnis für uns Kinder, denn wir durften mit unserem Vater auf einem vollen Leiterwagen, gezogen von zwei Pferden zum Getreide mahlen mitfahren und zuschauen. Für die Heimfahrt kaufte Papa eine Riesentüte voll mit leckeren Kaffeeteilchen, für zwei Pfennige pro Stück - stellt Euch das mal vor! Für uns war so ein Tag dann ein richtiger Festtag!

Der Schulrat wohnte auch in diesem Ort, seine Inspek-tionen musste er per Fuhrwerk erledigen. Zur Kirche fuhr man im Sommer mit Pferd und Kutsche, im Winter mit einem Pferdeschlitten, eingehüllt in Schafspelze und Wolldecken. Der Winter dauerte oft fünf Monate. Und das waren wirklich harte Winter! Dort, in dem kleinen Ort, wo wir wohnten und ein kleines Gut hatten, war es ziemlich einsam. Der Schnee hüllte unser Haus oft richtiggehend ein, dass wir weder Fenster noch Türen öffnen konnten und man sich förmlich aus der Haustüre ausgraben musste. Es gab noch viele Elche in Ostpreußen, die in solchen Wintern bis fast vor unsere Türe kamen...

An Fastnacht versteckten wir in der Schule unsere Ranzen. An die große Tafel schrieben wir: „Fastnacht feiern Katz und Maus, drum bitten wir uns Ferien aus. Der Lehrer ist ein guter Mann, der uns Ferien geben kann. Die Raben sind gekommen, haben uns die Bücher weggenommen."
Erfolg hatten wir damit allerdings selten...

Frühling, Sommer und Herbst ging es nach Schulschluss schnell heim, essen, Hausaufgaben, bei gutem Wetter musste alles, was Beine hatte, anspannen, auf die Felder, beim Pflanzen helfen, jäten, ernten, Kartoffeln, Rüben, Gemüse, Getreide und die Heuernte. Auf einem Bauernhof gibt es keine Langeweile, Menschen und Tiere wollen täglich versorgt werden. Für uns Kinder waren Schule, Erntehilfe, Arbeit im Haus, Hof und Stall ganz normal.
Ferien, Spiel, Freizeit und ähnliches war uns fremd – also konnten wir es auch nicht vermissen.

Leider haben Krieg, Flucht, Verlust von Hab und Gut und von lieben Menschen alles ausgelöscht – das wundervolle Land Ostpreußen ist in fremde Hände gefallen, geblieben sind nur die Erinnerungen...

Ingelore Haase-Ebeling

Ein Märchen

Wie taten ihm die Füße weh! „Fuchs", sagte er, „lass uns anhalten und ein bisschen ausruhen."

Der Fuchs setzte sich auf die Hinterpfoten, drehte seinen Kopf zur Seite, um Dnumde anzuschauen; und als er sah, wie müde der war, legte er sich nieder, damit Dnumde in sein Fell sich einkuscheln und vielleicht sogar ein wenig schlafen konnte. Doch Dnumde blickte sich um. Der Schnee lag hoch, sie waren von ganz unten, dem Tal, gekommen. Er konnte den Weg, den sie gegangen waren, nicht mehr zurückverfolgen. Seine kleinen Füße hatten so gut wie keine Spuren hinterlassen, und selbst der Fuchs hatte sich bemüht, ganz leicht aufzutreten, um ebenfalls nieman-den sehen zu lassen, wo er und sein Freund gegangen waren. Zu alledem wurde es dunkel, und die Tannen standen hoch und ruhig bis ins Tal hinunter.
Dnumde holte tief Luft, legte seine zierlich-kleinen Hände auf den Kopf des Fuchses und sagte: „Komm, lass uns weitergehen, bis zur alten Tanne. Es ist nun nicht mehr allzu weit. Dort lass uns den Schlafplatz zurechtmachen."

„Gut", sagte der Fuchs. „zuvor aber steige auf meinen Nacken, damit ich Dich trage. So kannst Du Deine Füße wärmen und ausruhen in meinem Fell."
Eine ganze lange Zeit waren sie doch noch unterwegs. Es wurde immer dunkler, und je dunkler es wurde, desto mehr Sterne flammten auf am hohen Himmel und der Schnee begann zu leuchten. Dann waren sie an der alten Tanne, die höher war und breiter ihre Äste nach allen Seiten streckte, als alle anderen Tannen in dem ganzen großen Wald. Auf einem Hügel stand sie, der wie ein Thron den Berg noch erhöhte.

„Wie schön ist es, wieder bei ihr zu sein, wir sind zu Hause, Fuchs", sagte Dnumde.

Und obwohl kein Lüftchen sich regte, bewegten sich die Äste und Zweige und die kleinen Nadelwedel der Tanne. Es war, als ob sie die beiden Ankömmlinge begrüßte.

Als Dnumde vorsichtig aus dem Fell des Fuchses nach unten rutschte, drehte er sich nach allen Seiten und war von der Schönheit der Nacht so überwältigt, dass seine Müdigkeit wie weggeblasen war. Er setzte sich auf eine der großen Baumwurzeln, die wie ein bequemer Sessel für ihn war, machte dem Fuchs ein Zeichen, der sich darauf zu seiner Seite niederließ.

Es war Dnumde, als wenn die Nacht um ihn herum erfüllt war mit einer zarten Melodie; so überirdisch schön, dass sie nur mit dem Herzen zu hören war, und niemand auf der weiten Welt hätte sie nachsummen können.

Als sie so saßen, gebettet in die Schönheit, die Ruhe und den Zauber der Nacht, da blinkte plötzlich hoch über ihnen ein Stern zu gewaltiger Größe auf, und in einem großen Bogen glitt er an Dnumde und dem Fuchs vorbei hinein in den Wald.

Der Fuchs sprang auf, auch Dnumde, und beide dachten sie dasselbe, so stark, dass sie es nicht auszusprechen brauchten:

„Wir müssen gehen und sehen, wohin der Stern gefallen ist. Vielleicht können wir ihm helfen."

Es war ihnen klar, dass der Stern unglücklich sein musste über seinen Sturz herab auf die Erde. Und so machten sie sich auf den Weg durch die Nacht, durch den Schnee, zwischen den hohen Bäumen hindurch, in die Richtung, in der sie den Stern verschwinden gesehen hatten.

Für den Fuchs und Dnumde war es ein langer Weg, den sie gingen. Doch meinten sie, nicht von der Stelle gekommen zu sein, als sie plötzlich am Rande eines kleinen Waldsees standen. Das Wasser war wie ein schwarzer Spiegel, in dem alle Sterne des Himmels versammelt schienen – und da in der Mitte, da, wo ein uralter Stein aus dem Wasser ragte, lag schräg auf ihm der vom Himmel gefallene Stern, drohte jeden Augenblick abzurutschen und im Wasser zu versinken. Je länger die beiden ihren Stern betrachteten, desto mehr verblasste der Glanz der anderen. Er war aber auch zu schön, zu funkelnd.

„Wie kriegen wir ihn da heraus?", dachte Dnumde, als ihm einfiel, was seine Ur-Urgrossmutter ihm vor hundert Jahren und mehr auf den Weg mitgab, als er in die Welt hinausziehen wollte.

„Hör zu, Kleiner", sagte sie, „vergiss nie unser einfaches kleines Lied. Im rechten Augenblick mit Augen, Ohren und vor allem mit dem Herzen gesungen, entfaltete es eine große Zaubermacht. Aber sie wirkt nur, wenn Du Gutes damit tun willst. Dann konzentriere Dich, und Du wirst erleben, wie unmöglich Erscheinendes sich von selbst erledigt."

Und dies hier war so ein Augenblick. Ganz still saß er; und der Fuchs, der genau spürte, dass sich da etwas Geheimnisvolles anbahnte, machte sich ganz klein, ohne seinen Freund aus den Augen zu lassen. Und Dnumde sang, unhörbar, aber sein ganzer kleiner Körper war das Lied, das ur-uralte.

Im Wasser, bei dem Stein, wurde der Schein des Sternes heller, und wie auf einem schmalen Seidenband zog es ihn ans Ufer, in die Hände Dnumdes. Der hielt ihn, und der Sternenglanz zog ein in ihm. Er ließ ihn von innen her leuchten und ihm wohl sein mitten in der tiefen Nacht, im großen Wald.

„Komm, Fuchs, gehen wir zur alten Tanne zurück, die ist uns Schutz, und wir können unbesorgt ausruhen zwischen ihren großen Wurzeln. Heute ist es schon zu spät, um den Stern auf den Weg zu bringen, zum Himmel zurück."

Von dem Stern in seinen Händen ging nicht nur ein Leuchten aus, sondern auch eine Kraft, die sie mühelos den weiten Weg zurück zur alten Tanne bewältigen ließ. Bevor sie sich schlafen legten, zog Dnumde seine kleine Jacke aus, wickelte den Stern hinein und legte ihn zwischen zwei besonders kräftige Wurzeln des Baumes.

„Gib acht auf ihn", flüsterte er der Tanne zu. „Wir wollen ihn morgen Nacht wieder zurückbringen an den Himmel."
Und kaum hatte er sich in das dichte Fell des Fuchses gekauert, da schlief er auch schon. Sie verschliefen den ganzen Tag, sahen und hörten nicht den Wind, der die Schneeflocken kräftig durch den Wald wirbelte. Die alte Tanne hatte ihre Äste tiefer herunter gebogen, damit die schlafenden Kleinen Schutz genug hatten.

Doch nun am Abend, als es Zeit war, die Sterne am Himmel zu zählen, waren alle Schneeflocken auf und davon, und der Wind hatte sich so müde geblasen, dass er wie ein Nebeltuch zwischen zwei Bäumen hing und schlief. Da erwachte der Fuchs und kitzelte Dnumde ganz sacht mit einem Barthaar am Ohr.

„Du", raunte er ihm zu, „wir dürfen die Stunde nicht verpassen, in der wir den Stern wieder hinaufschicken können zu all den anderen."
Dnumde reckte sich, holte seine Jacke heraus aus der Wurzelmulde, wickelte ganz vorsichtig den Stern heraus, um keinen seiner Zacken zu verbiegen, zog seine Jacke

an und drückte ihn dann mit beiden Händen an seine Brust.

Wieder gingen sie den Weg hinunter zum Waldsee und blieben an seinem Rande stehen. Nichts war im Wasser zu sehen, kein Stern spiegelte sich heute, Dnumde aber wusste, dass bald ein schmaler Lichtstreifen hinter den Bäumen zu seiner Rechten hervorkommen müsste, einmal kurz in den See schauen würde, um hinter den anderen dann zu verblassen. Und diesen Augenblick wollte er abpassen, um mit Hilfe des ur-uralten Liedes den Stern, der nun auch sein Freund war wie der Fuchs, auf dem Lichtstrahl wie auf einem schmalen Seidenband aufschweben zu lassen zu den unzähligen anderen Sternen, die ohne diesen einen unvollständig waren.

Er konzentrierte sich und als die Mondsichel, schmal wie ein Faden, ihren Fuß hineintauchte in den Waldsee, legte er den Stern darauf und das kleine Lied, welches Dnumdes Körper sang, ließ ihn aufsteigen, hoch und immer höher, bis er wieder besonders hell und schön funkelnd alle mit seinem Licht überstrahlte.

„Lebwohl", dachte Dnumde. Der Fuchs schaute seinen Freund ganz verwundert an, und als Dnumde für einen Augenblick sein Spiegelbild im dunklen Wasser sah, da hatte er – von innen her – ein stilles zartes Leuchten um sich.

Micheline Holweck

Warten auf...

Wie hypnotisiert starre ich auf die züngelnden orange-roten Flammen im Kamin. Das Feuer ist fordernd und unbarmherzig, bekommt was es will und wenn es Besitz von einem Stück Holz genommen hat, dann lässt es seine Beute nicht mehr los. Ich spüre die sich im Raum ausbreitende Hitze, meine Wangen glühen und die Holzscheite der alten Tanne aus meinem Garten knistern und knacken, bevor sie vom Feuer ganz verschlungen werden.

Ich habe es mir auf meinem Sofa gemütlich gemacht, auf dem Tischchen steht ein bauchiges Kristallglas, zur Hälfte mit Rotwein gefüllt, der im Schein des Feuers eine blutrote Farbe angenommen hat und im zarten Glas spiegeln sich die Flammen wieder. Neben mir liegt zusammengerollt meine Katze Momo und schnurrt zufrieden.

„Was gibt es schöneres, als einen gemütlichen Freitagabend zu Hause?", frage ich Momo, streichle ihr seidenes, getigertes Fell.

Der Wind weht eisig um sein Gesicht. Er spürt, wie die Kälte Besitz nimmt von seinem Körper; seine feingliedrigen Finger spürt er kaum noch und nur sein Herz, das in seiner Brust wild hämmert und ein kribbelndes Gefühl im Unterleib, lassen ihn weiterreiten. Um das Pferd anzutreiben, presst er seine Beine fest gegen den Bauch des Tieres und ruft: „Lauf, Monsun, lauf!"
Der Schimmel galoppiert mit aller Kraft über die Ebene, welche nur durch ein schwaches Mondlicht beleuchtet wird.

„Nichts gegen Dich, Momo, doch manchmal wäre es eben doch schön, solch feierliche Stunden mit einem lieben Mann an der Seite zu verbringen. Sich aneinander zu schmiegen, zu kuscheln und sich am Boden vor dem Kaminfeuer zu lieben", murmle ich gedankenverloren vor mich hin.

„Wann war ich eigentlich das letzte Mal so richtig verliebt?" Meine Gedanken tragen mich in die Vergangenheit zurück.

„Samuel hatte damals mein Herz im Sturm erobert, wir verbrachten jede freie Minute miteinander und dann, eines Tages, waren wohl die zur Verfügung gehabten Stunden abgelaufen und es war fertig, ohne einen plausiblen Grund. Das mit Pat war auch eine aufregende Zeit gewesen, wir hatten uns heimlich getroffen, wegen seiner Ehefrau. Und manchmal sind wir übers Wochenende abgehauen, in eine andere Stadt, auf's Land, irgendwohin, wo uns niemand kannte."

Momo räkelt sich an der Wärme, streckt ihre Beine aus, legt sich auf den Rücken und ich streichle ihren flaumigweichen Bauch.

„Stimmt, lange hat es dann auch nicht gedauert, ist auf die Dauer doch anstrengend, obwohl man als Geliebte wenigstens nur die schönen Seiten der Beziehung geniessen kann."

Ich träume davon, wie es wäre, wenn ich mich so richtig verlieben könnte und mein Auserwählter meine Gefühle auch erwidern würde. Spaziergänge durch den Wald, wenn das trockene Laub unter jedem Tritt knistert und anschließend eine warme Tasse Tee vor dem Kaminfeuer. In den Ferien zusammen im Meer schwimmen, Abendessen bei Kerzenlicht, leidenschaftliche Liebesnächte...

Im gesprengten Galopp nähert sich der edle Mann auf seinem Schimmel dem nächsten Wald. Genau in diesem Moment wird der Mond von einer Wolke verdeckt und die Finsternis breitet sich aus. Der Reiter verlangsamt Monsun. Am Waldrand zeichnen sich die Umrisse einer menschlichen Gestalt ab und der Edelmann greift instinktiv an seine Hüfte, wo sein Schwert im Halfter steckt.

„Wohin geht es denn zu so später Stunde?", fragt es unter den Bäumen hervor.

„Guten Abend. Ich bin der Prinz aus dem Märchenland und muss zu meiner holden Braut", erklärt der Reiter. Die Bäume geben einen kräftigen, bärtigen Mann frei, der informiert: „Das starke Unwetter hat den Bach anschwellen lassen und die reißende Strömung hat die Brücke mit sich fortgetragen."

Besorgt streicht sich der Prinz durch seine schulterlangen, blonden Haare.

„Ich werde eine Möglichkeit finden, um den Bach zu überqueren. Sie erwartet mich."
Seine Sehnsucht nach seiner Herzdame vermittelt ihm Zuversicht. Jede Zelle seines Körpers dürstet nach ihrer Zärtlichkeit, seine Seele lechzt danach, die Zwillingsseele zu erforschen, zu umsorgen und sich mit ihr zu verschmelzen. Am Bach angekommen hält er seinen Schimmel an, wendet ihn, geht ein Stück des Weges zurück, hält das Pferd an, atmet tief durch, konzentriert sich und treibt sein Tier an, mit den Stiefeln drückt er einmal stark gegen Monsuns Rippen und der Hengst springt ab!
Erst mit den Vorderhufen, dann gefolgt von den Hinterhufen, landet das Pferd mit seinem Reiter sicher am anderen Ufer des Baches.

Ich nippe an meinem Weinglas und mich überkommt eine starke Sehnsucht nach dem Mann, der als meine Ergänzung geboren wurde. Komischerweise verspüre ich trotz meiner Einsamkeit ein Gefühl des Glücks und Freude, fast so, als würde ich ein freudiges Ereignis in der Zukunft erahnen.

„Momo, glaubst du eigentlich an die nie endende Liebe?", frage ich meine Katze. „Seite an Seite alt werden, gemeinsam die auftretenden Probleme bewältigen und zusammen stark werden. Und eines Tages sitzen wir Hände haltend auf dem Sofa, umringt von unseren lieben Kindern und Großkindern, eine Familie, wo Respekt und Liebe tonangebend sind."

Ich zucke zusammen, als der Herbstwind den Fensterladen gegen die Außenwand schlägt. Als ich nach draußen gehe, um den Fensterladen wieder fest zu machen, folgt mir Momo und verschwindet im Garten. Danach setze ich mich alleine wieder aufs Sofa.

„Toll, nun bin ich also auch noch von meiner Katze verlassen worden. Einsamkeit, hier bin ich! Und überhaupt: diese Träumereien bringen doch nichts, den Wunschprinzen gibt es nur im Märchen und die Liebe wurde von unserem Schöpfer, oder von Poeten, dem Papst oder sonst wem erfunden und hochgelobt, damit wir alle daran glauben und uns auch fleißig fortpflanzen. Doch die Verliebtheit schwindet schon nach einem kurzen Jahr und dann bleibt nur noch das Unverständnis für den Anderen, der morgendliche Mundgeruch, ungeteilte Ansichten über Kindererziehung, Heimlichkeiten und Eifersucht, dass der andere das machen könnte, was man selber gerne machen würde....

Von weit her sieht der Prinz Lichter einer Ortschaft. Der Wind hat etwas nachgelassen und er reitet im Trab, um seinen Monsun nicht zu stark zu ermüden. Auch braucht der Edelmann Zeit, um sich auf die Begegnung mit seiner Frau vorzubereiten, denn er hat sie noch nie gesehen, er weiß nur, dass sie auf ihn wartet und sie füreinander bestimmt sind. Das Flattern in der Magengegend verändert sich, es überkommt den Mann eine leichte Übelkeit und die Kälte wird immer unerträglicher. Er fasst sich kurz an die Brust, denn er spürt ein paar Stiche, wie wenn jemand mit einer Nadel sein Herz angreifen würde.

„Monsun, was passiert mit mir? Muss ich sterben?", fragt der Reiter sein Pferd. „Mir scheint, als würden die Sterne über uns an Helligkeit und Glanz verlieren. Bin ich vom Weg abgekommen?"
Er studiert eingehend die Sterne am Himmelszelt. „Nein, wir sind richtig."

Mir kommen die traurigen Augen meiner Mutter in den Sinn und die Klagelieder meiner Freundinnen klingen noch in meinen Ohren. „Eigentlich muss das doch sehr langweilig sein, ein halbes Leben mit der selben Person zu verbringen!", stelle ich fest. „Was haben wir uns dann nach zehn, zwanzig oder gar dreißig Jahren noch zu sagen? Wenn ich schon mit meiner eigenen Launenhaftigkeit kaum klar komme, wie soll ich dann noch die Marotten eines anderen ertragen?"

Der Prinz folgt seinem Herz, das ihm den Weg weist. Er meidet die breiten, beleuchteten Strassen, sondern wählt einen ungeteerten Weg, der um den Ort herum führt. Mehrere Male hält er Monsun an, um sich auf sein Herz zu konzentrieren.

„Eigentlich sollte mein Herzschlag nun schneller gehen, je näher ich meinem Ziel komme, doch komischerweise ist das Gegenteil der Fall!"

Zweimal schlägt er eine falsche Richtung ein, bis er dann endlich am Rand eines Gartens anhält, der von einer Hecke umsäumt ist.

„Hier muss sie sein", spricht der Prinz sichtlich nervös. Er bindet Monsun an den Baumstamm einer kleinen Birke. Der Prinz klettert über die Hecke, verharrt einen Moment lang, um sich zu überlegen, wie er sich bei seiner holden Braut bemerkbar machen soll. Er kniet sich nieder und klaubt ein paar Kieselsteine vom Boden auf. Eine große Traurigkeit steigt in ihm auf, er versucht das Gefühl zu verdrängen und zielt mit einem Kieselstein gegen das vom Kaminfeuer beleuchtete Fenster des Hauses.

Pling! Getroffen!

Ich schaue erstaunt zum Fenster.

„Was war denn das?"

Neugierig, mit einem schummrigen Gefühl im Magen nähere ich mich dem Fenster, ziehe am Griff und die kühle, nächtliche Herbstluft weht mir entgegen. Der Duft von Regen und faulem Laub umhüllt mich. Mein Herz pocht, ich spüre eine Leere, eine Lähmung, die dann von leichtem Stechen in den Händen gefolgt wird. In meinem Garten steht ein Mann, leicht verdeckt von den blätterlosen Bäumen. Angst, gepaart mit dem Kampfgeist, mir von der Menschheit nicht alles gefallen zu lassen, schreie ich in den dunklen Garten hinunter:

„Hau ab aus meinem Garten, du hast hier nichts zu suchen, Penner!"

Die Gestalt macht einen Schritt Richtung Haus, so dass ich die Umrisse des nächtlichen Eindringlings besser sehen kann. Er trägt einen Umhang, Stiefel und lange, vom Wind zerzauste Haare.

„Entschuldige, ich wollte dich nicht erschrecken", ertönt eine eher zaghafte Stimme aus der Tiefe hinauf.

„Keinen Schritt weiter oder ich rufe die Polizei!",
schreie ich nun ernsthaft um meine Sicherheit bedacht.
„Verschwinde dorthin, wo du hergekommen bist!"
Ich beobachte ihn, wie er noch zögert, dann aber über
die Hecke steigt, dort auf ein Pferd aufsitzt und langsam
davon reitet.

Ratlos und von der unerwarteten Situation überrumpelt
trabt der Prinz den Weg zurück, nach Hause. Ein starker
Regen setzt ein, Monsun galoppiert über die sanften Hügel, Richtung Berge. Aus den kristallblauen Augen des
Prinzen quellen salzige Tränen, die sich mit dem Regen
vermischen und im Nichts verschwinden. Als sie auf einer
Anhöhe ankommen, breitet sich unweit von ihnen entfernt
eine große erhöhte Ebene aus.
  Eine Windböe zieht auf, mit einem lauten Rauschen
flattern riesige Papierblätter von der rechten Seite der
Ebene auf die linke Seite, in der Mitte sind sie festge-
macht. Monsun wiehert.
Der Prinz streichelt seinen treuen Wegbegleiter und
spricht zu ihm: „Wir sind zu Hause, da, wo wir hinge-
hören."
  Noch einmal denkt er an die Erlebnisse des heutigen
Abends, dann sagt er „Los!" und ohne dass er sein Pferd
antreiben muss, setzt Monsun zu einem hohen Sprung
an. Sie kommen kurz auf der Ebene zu stehen, dann
verschwinden sie in dessen Tiefe und ein enormer Wind,
von links durchs Tal kommend, klappt beinahe lautlos
das große Märchenbuch zu.

Noch eine ganze Weile bleibe ich am Fenster stehen, auch
nachdem ich mich schon lange davon überzeugt hatte,
dass der Eindringling verschwunden war. Dann lasse ich
meine Katze herein, die an der Türe kratzt.

„Schade, dass es im richtigen Leben keine Märchenprinzen gibt", sage ich wehmütig.

Momo schaut mich lange mit ihren großen, goldgelben Augen an, bis sie sich dann abwendet, in die Küche schleicht und sich ihrem Futternapf zuwendet.

Patricia Baltes

Das Weihnachtswunder

Es ist kurz vor Weihnachten. In der Stadt laufen die Menschen von einem Laden in den nächsten, um für ihre Liebsten die letzten Geschenke zu besorgen. Die Vorfreude auf das Fest der Liebe ist groß und die Stimmung richtig weihnachtlich. Überall sieht man bunte geschmückte Tannenbäume, dekorierte Fenster, Girlanden und vieles mehr. Es liegt der Geruch von Zimt, gebrannten Mandeln und frischem Gebäck in der Luft und die Menschen wirken recht gemütlich und entspannt. Nur der ein oder andere regt sich etwas über die Menschenmassen auf.

Laura ist 7 Jahre alt und wohnt mit einigen anderen Kindern in einem Waisenhaus. Eine Familie hat sie im Gegensatz zu ihren Freunden nicht.
Schon lange wünscht sie sich eine richtige Familie.
Heute ist ein ganz besonderer Tag, heute werden nämlich leckere Kekse und Plätzchen für Weihnachten gebacken. Und während sie abkühlen schreiben alle Kinder einen Wunschzettel, damit der Weihnachtsmann auch an sie denkt und ihnen ihre Wünsche erfüllt. Während Laura die Plätzchen dekoriert überlegt sie, was sie schreiben soll, denn immerhin hat sie nur einen Wunsch: eine richtige Familie. Und ob der Weihnachtsmann da helfen kann?
Laura denkt nach. Mehr wie jetzt kann ja nicht passieren, vielleicht weiß der Weihnachtsmann ja eine Antwort. Sie gibt sich viel Mühe und versucht so schön zu schreiben und malen wie sie kann, man soll sehen, dass sie sich auch Mühe gegeben hat:

Lieber Weihnachtsmann!

*Zu Weihnachten habe ich nur einen großen
Wunsch: Ich wünsche mir eine ganz liebe Mama,
die auf mich aufpasst und einen ganz lieben Papa,
der oft mit mir spielt und mich gern hat.
Kannst du mir den Wunsch erfüllen?
Ich bin auch immer brav gewesen.
Bitte hilf mir.*

Alles Liebe von Laura

Skeptisch betrachtet Laura nochmals ihren Brief. Sie ist mit dem Ergebnis voll und ganz zufrieden. Also nimmt sie sich einen Briefumschlag, auf den sie einen großen Tannenbaum mit vielen bunten Lichtern und Kugeln malt. Dessen Spitze krönt ein heller, leuchtender Stern. Um den Weihnachtsbaum liegen viele Geschenke. Daneben malt sie noch eine glückliche Familie.
Darüber schreibt Laura in Großbuchstaben: FÜR DEN LIEBEN WEIHNACHTSMANN.
Kurze Zeit später werden die Briefe eingesammelt.
Die Betreuer sagen: „Nun legen wir die Briefe auf die Fensterbank, damit das Christkind sie für den Weihnachtsmann abholen kann."

Laura sieht ihren schönen, bunten Brief schon von weitem auf dem Fensterbrett liegen und hofft, dass ihr Wunsch in Erfüllung gehen wird. Alle dürfen noch einige Plätzchen probieren und danach werden sie zum Umziehen und ins Bett geschickt. Kaum einer kann richtig einschlafen, denn immerhin ist in zwei Tagen Weihnachten. Und morgen wird der Weihnachtsbaum geschmückt, das macht auch ganz viel Spaß.

Endlich ist es soweit, der Baum wird geschmückt. Jeder darf mitmachen und viele Kugeln sowie Kekse an die Zweige hängen. Laura hat sogar die Ehre den Tannenbaum mit dem Stern zu krönen. Jedes Jahr darf jemand anderes den Stern aufsetzen und dieses Jahr ist Laura dran.

Natürlich freut sich das kleine Mädchen sehr darüber. Morgen ist Weihnachten und alle sind aufgeregt. Es wird gespielt, gemalt und Geschichten vorgelesen. Doch der Tag scheint einfach kein Ende zu nehmen. Abends gehen alle voller Vorfreude ins Bett. Was wird wohl der nächste Tag bringen? Welche Geschenke bekomme ich? Und: werden meine Wünsche wahr?

Die Aufregung ist groß.

Der 24. Dezember, Heiligabend. Alle hüpfen aus den Betten und machen sich fein. Jeder freut sich schon auf die Bescherung heute Abend. Doch bis es soweit ist, nehmen die Betreuer die Kinder noch auf einen Besuch zum Weihnachtsmarkt mit, um die Wartezeit zu verkürzen. Weit und breit hört man angenehme Weihnachtsmusik und riecht den weihnachtlichen Duft von Zimt. Die Kinder haben sichtlich Spaß, mit ihren Betreuern über den Markt zu schlendern. Sogar Karussell dürfen sie einmal fahren. Gegen fünf Uhr machen sie sich wieder auf den Heimweg.

Als sie den Gruppenraum betreten, ist dieser erfüllt von Kerzenschein und dem Glanz des Weihnachtsbaumes. Unter ihm befinden sich viele bunt verpackte Geschenke. Bevor es diese gibt, muss jedes Kind noch ein Gedicht oder einen Satz aufsagen. Laura hat extra einen kleinen Teil von „Knecht Ruprecht" gelernt.

So sagt sie, als man sie bittet ihren Text zu erzählen:

„Von drauß’ vom Walde komm’ ich her;
Ich muss euch sagen, es weihnachtet sehr!
Allüberall auf den Tannenspitzen
Sah ich goldene Lichtlein sitzen;
Und droben aus dem Himmelstor
Sah mit großen Augen das Christkind hervor...“

Trotz einiger kleiner Versprecher bekommt Laura ihr Geschenk. Schnell packt das Mädchen es aus: Eine Puppe. Dabei sind Schuhe und verschiedene Kleider, damit sie die Puppe auch umziehen kann. Aber von dem Wunsch nach einer Familie, gibt es keine Anzeichen. Laura ist ein wenig enttäuscht und traurig. Während die anderen Kinder noch etwas mit ihren Geschenken spielen, geht Laura ins Bett. Sie möchte diesen Tag so schnell wie möglich vergessen. Bei einem kurzen Blick aus dem Fenster sieht das kleine Mädchen eine Sternschnuppe. Sie hofft, dass ihr Wunsch eines Tages wahr wird.

Am nächsten Morgen ist das kleine Mädchen schon früh wach. Sie setzt sich ans Fenster und sieht den Schneeflocken zu, wie sie vom Wind durch die Luft getragen werden oder langsam zu Boden sinken. Immer noch ist sie traurig, traurig darüber, dass ihr größter Wunsch nicht in Erfüllung gegangen ist. Plötzlich geht die Tür auf. Laura zuckt zusammen. Es ist Lisa, ihre Betreuerin.

„Laura, was bist du denn schon wach? Ich wollte dich gerade wecken. Du hast Besuch. Bitte zieh dich schnell an und komm doch mal zu mir ins Büro.“
Besuch? Für sie? Sie hatte schon lange keinen Besuch mehr gehabt. Wer könnte das also sein? Oder hat sie etwas angestellt? In Windeseile zieht sie sich an und läuft zum Büro der Betreuerinnen. Sie fühlt sich etwas mulmig, denn was wird sie erwarten?

Dort angekommen sitzen da ein Mann, eine Frau und ein Kind sowie die Betreuerin natürlich. Das Kind, ein Mädchen, scheint fast genauso alt wie sie zu sein. Lauras Blick fällt sofort auf die Karte, die der Mann in den Händen hält. Ihren Wunschzettel. Ist das etwa der Weihnachtsmann? Wenn ja, hat sie ihn sich immer anders vorgestellt.

Die Betreuerin sieht Laura an: „Es ist zwar ein Tag zu spät, aber du hattest dir doch so sehr eine Familie gewünscht. Dieses nette Paar sucht noch ein Geschwisterchen für ihre Tochter Vivien. Sie ist ebenfalls 7 Jahre alt und würde dich nur zu gerne kennen lernen."
Laura traute ihren Ohren nicht. Eine Familie, eine richtige Familie? Sie sieht die Frau an. Sie lächelt.

„Hallo Laura, ich bin Gabi und das ist mein Mann Oliver. Wir würden dich gerne zu uns in die Familie aufnehmen. Natürlich nur wenn du möchtest. Was hältst du davon, wenn du eine Woche lang zum probieren zu uns kommst. Wenn es dir gefällt, kannst du gerne bleiben."

„Ich kann dir auch mein Spielzeug zeigen oder wir können zusammen spielen. Ich wollte schon immer eine Schwester haben."

Dieser Tag ist der schönste Tag, den Laura sich jemals vorstellen kann. Sie bekommt eine Familie, eine richtige Familie. Sogar eine Schwester hat sie dann.
Sie ist überglücklich.
Vielleicht hat ihr der Weihnachtsmann wirklich geholfen.
Auf jeden Fall ist es das schönste Weihnachtsgeschenk, das es gibt. Und eines weiß Laura ganz genau: Diesen Tag wird sie nie wieder vergessen. Und wer weiß, ob die Sternschnuppe nicht doch Glück gebracht hat...

Anja Posner

November

Im November fuhr er an die See.
Zu dieser Jahreszeit fuhr er immer an die See. Doch dieses Mal war es anders. Im Oktober war seine Frau Sofia gestorben. Deshalb war seit Oktober nichts mehr so, wie es einmal war. Er hätte sagen mögen, sie war ihm unter den Fingern weggestorben, aber sie hatte neben ihm gelegen.

Es war über Nacht passiert. Am Morgen erwachte sie nicht mehr und er, er hatte alles getan, was man tut, wenn man erwacht und jemand gestorben ist, der einem nahe stand, so wie Sofia ihm nahe gestanden hatte, dreißig Jahre lang.

Der Arzt teilte ihm mit, eine Autopsie sei unter diesen Umständen unumgänglich. Er versuchte es abzuwenden, was ihm nicht gelang. Schließlich wurden all seine Einwände, all sein Ankämpfen gegen das Unvermeidliche, halbherzig.

In ihm war mit den Stunden, die sich zu ein paar Oktobertagen formiert hatten, der Wunsch geboren, zu wissen, warum sie nicht mehr bei ihm war. Warum sie ihn am Morgen nicht mehr um das Feuilleton der Morgenzeitung bat und ein wenig schmatzend einen Toast nach dem anderen aß. Als die Diagnose feststand und sie Sofia freigaben, half das Wissen um die Ursache ihres Todes auch nicht gegen die Einsamkeit, die ihn wie eine Würgeschlange umwickelt hatte und nicht mehr losließ, egal, was er tat. Sofias Herz hatte einfach zu schlagen aufgehört. In jenen Tagen wünschte er sich, seines würde es dem ihren gleichtun.

Er hatte ein Beerdigungsinstitut mit der Beisetzung beauftragt und war mit seiner älteren Tochter hingefahren. So tapfer, wie es ihnen nur möglich war, gingen die beiden in das Ladenlokal an der Hauptstraße, entschlossen, keinesfalls die Fassung zu verlieren. In diesen Tagen galt es ohnehin, mehr als alles andere, irgendwie die Fassung zu bewahren. Nur so würde er den Verstand nicht verlieren. Er wollte alles regeln und dann würde er weitersehen. Er wollte den Schmerz nicht zulassen. Er würde ihn zerschmettern.

Sie hatten den Sarg ausgesucht und alles andere auch. Bis hin zum Schrifttyp der Todesanzeige hatten sie alles unter Dach und Fach.

Die Aufgeräumtheit, mit der sie besprachen, wie man seine Sofia beisetzen würde, hatte etwas Tröstliches. Doch als der Bestatter Texte für die Todesanzeige vorschlug, da kam der Schmerz zurück, die Trauer und die Einsamkeit.

Lange blätterte er in dem Büchlein mit den Textbeispielen, suchte nach den richtigen Worten, doch keiner der Sätze beschrieb, was er empfand. Es schien keine Sprache für seine Gefühle zu geben. Schließlich bat er den Bestatter um einen Aufschub bis zum folgenden Tag. Er wollte nach den richtigen Worten suchen.

Beim Hinausgehen ermahnte ihn der Mann vom Beerdigungsinstitut, ihn nicht länger als einen Tag auf den richtigen Text warten zu lassen. Der Termin für den Drucker würde sonst zu eng werden. Ein banales Argument und wieder tat sie gut, die Routine, mit der man mit etwas verfahren konnte, das ihn zu zerfleischen drohte. Er versprach, am nächsten Tag wiederzukommen.

Auf der Straße wollte ihn seine Tochter in den Arm nehmen, drückte zunächst nur seine Hand und begann dann zu weinen. So viele Tränen von jemandem, dessen

Kummer endlich war. So kam es, dass er seine Tochter in den Arm nahm und dabei ein wenig Frieden empfand, weil er Geborgenheit geben konnte, selbst zu Beginn der traurigsten Zeit seines Lebens.

Am Abend hielt er es zu Hause nicht aus und ging in eine der Jazzkneipen, die er manchmal mit Sofia besucht hatte. Er bestellte Bier, und weil das Bier ihn nicht betrunken genug machte, trank er Weinbrand. Als er sich nach vielen Stunden auf den Heimweg machte, war er nicht halb so betrunken, wie er es gern gewesen wäre. Doch wenigstens hielt er es nun in der Wohnung aus.

Er brühte sich starken Kaffee, kauerte sich an den Küchentisch und fand schließlich die Worte, die er ihr schenken wollte, auf ihrem Weg.

Am Morgen nach einer Nacht, in der er kaum geschlafen hatte, trug er den fertigen Text zum Bestatter. Der dankte ihm für den Auftrag und die Zusammenarbeit.

Er ging heim, im strömenden Regen, ohne Schirm, den hatte er zusammengeklappt, als das Nieseln immer stärker geworden war und schließlich klatschend in den Pfützen aufschlug. Er wurde nass und ihm war kalt und er war froh, dass er fror. Die Kälte dämpfte die anderen Gefühle, für die es keine Abhilfe gab. Keinen Schirm, kein Handtuch, keine warme Stube. Nichts.

Die Beerdigung war an einem Dienstag. Er hatte auf den klassischen Rahmen verzichtet und zu sich nach Hause eingeladen. Gemeinsam mit seinen Töchtern hatte er das Haus dekoriert. Sie hatten Bilder aufgestellt von Sofia und Bilder von ihnen beiden, Fotos von der ganzen Familie, alte und neue, dazu Kerzen, Sofias Lieblingsmusik und Kuchen, den sie gemocht hatte. An diesem Nachmittag begann er, in seiner Trauer etwas Gutes zu entdecken.

Sie war nur für sie. Und er schenkte sie ihr als das Letzte und Einzige, das er ihr noch geben konnte. Er wollte sie zu etwas Schönem machen, diese Trauer. Er wusste, sie hätte ihn ausgelacht, für all seine pathetischen Gedanken, und ihm gelang ein stilles Lächeln. Sie hatte ihn immer zum Lachen gebracht. Einen köstlichen Humor hatte sie gehabt, seine Sofia. Und sie wusste genau, wann es galt, ihn nicht allzu ernst zu nehmen.

Irgendwann in jenen Stunden wurde sein Wunsch geboren, an Sofias Tod nicht zu sterben.

Am Morgen nach dem Dienstag rief er seinen Kompagnon an und teilte mit, er würde wieder arbeiten kommen. Sein Partner gab zu bedenken, es sei möglicherweise zu früh, doch er insistierte. Am Mittwochabend bereitete er die Brote für seinen ersten Arbeitstag als Witwer. Bis vor zwei Wochen hatte Sofia seine Brote gemacht.

Er erinnerte sich nur an wenige Tage in ihrem gemeinsamen Leben, an denen er es selbst getan hatte. Da waren die Geburten der Töchter und der Hexenschuss, der sie ans Bett gefesselt hatte. Und es hatte auch Gelegenheiten gegeben, bei denen er abends in der Küche gestanden und Brote für sie beide gemacht hatte. Er schnitt einige Scheiben ab und bestrich sie mit Butter.

Seine Tränen begannen zu fließen, als er den Belag aus dem Kühlschrank holte. Auf dem Fensterbrett stand ein Topf mit einem Rest Kresse. Wie oft hatte er sich über ihre selbst gezüchteten Kräuter amüsiert. Manchmal hatte sie alberne Gesichter auf die hart gekochten Eier gemalt, die er so liebte. Irgendetwas dachte sie sich immer aus. Als er die Brote verpackte, ganz ohne zierendes Beiwerk, sah er kaum noch, was er tat. Das Wasser rann aus seinen Augen, und er konnte es nicht verhindern. Er sank auf den Küchenboden nieder und weinte so lange, wie nur selten jemand weint.

Am Donnerstag erschien er mit frisch gebügeltem Hemd im Büro.

Im November fuhr er an die See. Er war in allen Jahren im November an die See gefahren.
Manchmal mit Sofia und manchmal ohne sie.
In diesem Jahr fuhr er ohne Sofia. Sie würde ihn nie mehr begleiten, wohl aber der Gedanke an sie und daran, dass sie niemals ein Tränen treibendes Ende der Geschichte zugelassen hätte. So war sie nun einmal, seine Sofia.

Am Bahnhof von Neuharlingersiel angekommen, schulterte er seine Reisetasche und nahm seine Angelsachen unter den Arm.
Der Zugabfertiger grüßte ihn freundlich, weil es seine Art war, Neuankömmlinge zu grüßen, vor allem im November.

LiLa

Gruß an meinen Engel...

Beinahe lustlos steckte sie den Haustürschlüssel in das Schloss und drehte ihn um. Die Tür öffnete sich langsam, leicht knarrend. Der Geruch des Eintopfes, den sie sich gleich in der Früh gekocht hatte, schlug ihr entgegen und umschmeichelte ihre Nase.

Irgendwie „heimelig"... vertraut. Pichelsteiner. Schön mit einem Stück Bauchspeck angebraten. So wie Ludwig es immer geliebt hatte.

Ludwig... ja, ihr Ludwig. Nun war sie schon 2 Monate ganz alleine. Heute war ihr Geburtstag und gleichzeitig auch noch Heilig Abend. Der erste Geburtstag, das erste Weihnachtsfest nach über 40 Ehejahren allein.

40 glückliche Jahre waren es. Das konnte sie guten Gewissens so sagen. Ein seltenes Glück. Seit der ersten Schulklasse hatten sie sich gekannt, waren nicht von der Seite des Anderen gewichen. Sie passten einfach zueinander, waren eben füreinander geschaffen.

Nach seinem Studium fürs Lehramt hatten sie geheiratet. Leider haben sie keine Kinder mehr bekommen können, nachdem sie den schrecklichen Unfall hatte und ihr Ungeborenes dabei verlor. Aber sie hatten sich ihr Leben auch so eingerichtet. Miteinander – füreinander.

Ludwig war immer ein guter und engagierter Lehrer. Nebenbei war er noch ein „Kavalier" der alten Schule und ein Mensch mit tadellosem Charakter.

Sie hielt ihm für alles den Rücken frei, was ihnen ermöglichte, sich ein schönes Anwesen zu schaffen und die freien Zeiten miteinander zu genießen.

Sie war immer sein „guter Geist", sein „Engel", wie er sie nannte... in all den Jahren hatte dieser liebevolle Kosename nie an Zauber und Zärtlichkeit verloren. Schön, dieses Gefühl, beinahe ein ganzes Leben lang auf Händen getragen worden zu sein.
Ein seltenes Glück ...

Nun war es eben zu Ende. Ludwig wurde krank. Zuerst erkannte man den Ernst der Lage nicht – oder er hat es ihr zuliebe geschickt zu verbergen versucht. Hatte versucht bis zum Schluss seinen Humor und Optimismus zu wahren, scherzte und herzte mit seinem Engel, als ob es gar keine Sorgen und keine Krankheit gäbe...

Sie atmete tief ein, ihre Augen wurden doch tatsächlich ein wenig feucht, als sie das Wohnzimmer betrat.

Hm... dieser Duft dort... gelbe Rosen, Teerosen. Ach, wie sie immer den zarten aber intensiven Duft dieser gelben Rosen liebte.

Bestimmt drei Dutzend standen auf dem Wohnzimmertisch in der alten, bauchigen Kristallvase. Sie blieb vor den Rosen stehen, betrachtete sie lange, hielt ein wenig inne, streichelte über die einzelnen Blüten, sog den Duft mit geschlossenen Augen tief ein.

Ja – Ludwig war immer sehr aufmerksam gewesen und vergaß nie einen Hochzeitstag, ihren Geburtstag und nahm viele Gelegenheiten zum Anlass sie immer wieder zu überraschen.

Ihr Geburtstag. Der war heute. Heilig Abend. Gelbe Rosen... Gelbe Rosen?! Plötzlich schrie es in ihr auf! Woher kamen diese gelben Rosen? SIE hatte sie nicht dort hingestellt! Sie fing an zu zittern, ihr Herz begann zu rasen... tausend Gedanken schossen ihr wie Nadelstiche wirr durch den Kopf.

Woher kamen diese Blumen? Woher? Ihr Blick irrte suchend umher – blieb auf einem winzig-kleinen gefalteten Kärtchen direkt unterhalb des Vasenbauches haften. Ein goldenes Kärtchen mit ihrem Namen darauf. *Rosemarie*. Mit zitternder Hand nahm sie die Karte auf, las wieder und wieder den Namen. *Rosemarie*.
Rosemarie... geschrieben mit blauer Tinte.
Und: diese Schrift kannte sie nur zu gut!
„LUDWIG!" Schrie es in ihr auf.
„Ludwig!!! Wo bist du?"

Die Aufregung schnürte ihr förmlich den Hals zu.
„Mein lieber, lieber Ludwig", entfuhr es ihr plötzlich so laut, dass sie vor ihrer eigenen Stimme erschrak. Wie war das möglich? Gab es doch noch Wunder? Oder träumte sie? Fantasierte sie und sah schon Gespenster? Fast war sie versucht, sich von einer Rose in den Finger stechen zu lassen, um zu spüren, ob das alles wirklich passierte... wirklich wahr war.

Die Türglocke riss sie jäh aus ihren Träumen und bangen Ängsten. Immer noch das goldene Kärtchen in der Hand wankte sie zur Türe, um zu öffnen. Ihr war schwindelig. Vor ihr stand Hilde, ihre liebe Freundin und Nachbarin von gegenüber.
„Mein Gott", entfuhr es Hilde, als sie ihre zitternde und völlig verstört wirkende Freundin vor sich sah. „Mein Gott, jetzt ist es doch passiert! Und ich wollte Dich doch gar nicht erschrecken... habe es nur nicht rechtzeitig geschafft, und nun bist Du doch vor mir zuhause gewesen! O mein Gott!"
Rosemarie rang immer noch mit Atem, riss sich zusammen, Tränen überströmten ihr Gesicht.

„Was? Was meinst Du? Wovon redest Du?
Ich.. ich verstehe gar nichts mehr... im Wohnzimmer...
die Rosen... Ludwig...“

Hilde nahm Rosemarie in den Arm, drückte sie an fest an ihr Herz, streichelte über ihr Haar und flüsterte beruhigend auf sie ein.

„Mein Schatz, mein Liebes... heute ist Weihnachten... UND Dein Geburtstag. Dein lieber Ludwig wusste, dass es mit ihm zu Ende ging... Er hat doch noch NIE Deinen Geburtstag vergessen... und so sollte es auch dieses Mal nicht sein. Kurz bevor er von uns ging, bat er mich, Dir unbedingt zu Deinem Geburtstag 30 gelbe Rosen und seine Karte zu überreichen. Mit seinem Gruß an Dich... Tut mir so leid, Du warst nicht da und ich habe den Hausschlüssel genommen und sie kurzerhand auf Deinen Tisch gestellt... wollte doch noch vor Dir wieder zurück sein...“

Rosemarie sah auf... allen beiden standen nun Tränen in den Augen. Sie nahm das goldene Kärtchen, klappte es auf und las die Handschrift ihres geliebten Ludwig:
„Weine nicht, mein Engel...
wir werden uns wieder sehen“.

Sicher, dachte sie glücklich.
Ganz sicher! Und sie lächelte...

Kari Hennig

Ein ganz normaler Engel

„Bist du ein Engel?" Die Stimme der Fünfjährigen zitterte vor Aufregung.

„Aber ja."

Gütliches Lächeln überzog das sanfte Gesicht der grellen Erscheinung. Gänzlich in einen schneeweißen Umhang gehüllt war jede ihrer Bewegungen von vergleichsloser Geschmeidigkeit. Ihr Glanz strahlte heller als die Sonne selbst und wartete nur darauf die Menschen mit Wärme zu erfreuen.

Ehrfürchtig erblickte das Mädchen die gewaltigen Flügel. Sie ragten hoch in die Luft; die Federn blinkten an den Spitzen, als hätten alle Künstler dieser Welt sie mit reinstem Gold verziert.

Gierig nahm das Mädchen das Schokoladenpräsent in Empfang und drückte dankbar den Engel, bevor es dem nächsten Kind Platz machte.

Stumm beobachtete Christina das Geschehen aus der Ferne. Um den gewaltigen Engel am Brunnen hatte sich eine Menschentraube gebildet. Die entzückten Ausrufe, die *Aaah*'s und *Oooh*'s, übertönten sogar die allgegenwärtige Weihnachtsmusik und drangen in die entlegendsten Ecken der Einkaufspassage.

Beschäftigt straffte die Neunzehnjährige ihr eigenes Engelsgewand. Das Bügeln diesen Morgen hatte ganz und gar nicht die gewünschte Wirkung erzielt. Die Falten meldeten sich mit Verstärkung zurück. Ihre selbst gebastelten Flügel aus Pappmaché und Holzleisten hingen abgenutzt herunter. Die goldene Farbe hatte nicht lange gehalten und war schon längst von den Federn abgeblättert.

Wie ein alter Stuhl knarzte ihr Rückenanhängsel bei jeder Bewegung; kein Wunder, war es schon des Öfteren gebrochen und wieder geklebt worden.

Von allen Engeln im Einkaufszentrum hatte Christina den undankbarsten Platz. Ganz hinten, direkt neben dem Notausgang, fernab jeglicher Geschäfte, Bäckereien und Imbissbuden. Fernab jeglicher Passanten.

Der Korb zu ihren Füßen war randvoll mit Schoko-weihnachtsmännern. Bisher hatte sie es gerade mal geschafft drei Stück loszuwerden. Und das nicht mal an Kinder. Ein Haustechniker hatte die Gelegenheit genutzt, kostengünstig einen Snack abzustauben.

„Ey, guck mal! Die Alte da!"

„Boah, voll ätzend!"

Zwei pickelübersäte Jungs schlenderten den Korridor entlang. Sie kauten lässig an ihren Zigaretten und waren offensichtlich auf der Suche nach einem ungestörten Fleckchen.

„Na, du scharfer Engel?" scherzte der größere, während der andere Christina die lockige Faschingsperücke vom Kopf stibitzte und sich selbst aufsetzte. „Voll das lässige Haarteil!"

„Gib her!" rief Christina, aber ihre Engelshaare flogen bereits zwischen den Jungs hin und her.

„Da!" Mit voller Wucht landete die Perücke in ihrem Gesicht. Christina stolperte und trat sich selbst auf den Umhang, dass es laut *Ratsch* machte. Lachend rannten die beiden Jugendlichen davon.

Christina klaubte die Perücke auf und überprüfte das zerfranste Loch im Umhang. Es war nicht das erste und bestimmt nicht das letzte.

„Probleme?"

Der Engel vom Brunnen hatte seine Vorstellung beendet. Er war vom Podest, was ihm die übernatürliche Größe verliehen hatte, herabgestiegen und stand nun vor ihr. Neidisch nahm Christina das prächtige, mit Schnörkeln verzierte Kostüm zur Kenntnis. Zwischen goldenem Haar und Sternenkrone grinste das Gesicht einer Dreißigjährigen.

„Nein. Wieso?" erwiderte Christina.

„Rat vom Profi: Verschaff' dir ein gescheites Outfit. Und komm ins Gespräch. Sonst lieben dich die Kleinen nie."

„Danke für den Tipp."

Der Brunnenengel zog einen Zettel hervor- *Einladung zur Wahl des Stadtengels in der Grand Gala.*

„Hier. War mein Einstieg ins Business."

Christina stutzte. Von dieser Wahl hatte sie bereits gehört. Jahr für Jahr trafen sich die einflussreichsten Persönlichkeiten der Gegend, um einen Engel zu wählen, der während der Adventszeit würdevoll die Stadt vertreten sollte.

„Wenn du da gewinnst, bist du ganz oben und die Kinder, die rennen dir die Bude ein."

Christina überflog den Zettel. Die Veranstaltung war heute Abend, 19 Uhr. Sie schüttelte den Kopf.

„Das ist in anderthalb Stunden. Ich kann mir nicht mal 'ne richtige Verkleidung leisten."

„Ich hab 'ne alte übrig. Kannst' haben, wenn du willst."

„Ich weiß nicht..."

„Deine Entscheidung."

Ein Raunen in der Menge ließ den Engel aufblicken. Am Brunnen hatte sich eine neue Menschentraube gebildet.

„Ich muss." Schnell waren die goldenen Locken auf korrekten Sitz geprüft und die Dreißigjährige schwebte zurück zu ihrem Publikum.

Christina schaute dem Engel nach. Die Kinder jubelten entzückt, als er sich ihnen näherte. Es war zehn nach sechs. Die geschwungene Leuchtschrift der Shopping-Arkaden war inzwischen erloschen. Die Geschäfte waren dicht. Die Kunden hatten ihrem Einkaufswahn ein Ende gesetzt und waren schon längst auf dem Weg nach Hause. Riesige, federgleiche Schneeflocken segelten wie eine undurchdringliche Wand zu Boden und hatten alles mit einer glatt-glänzenden Schicht überzogen.

Christina trat ins Freie. Das Kostüm des Brunnenengels passte wie angegossen. Der Umhang war samtweich, die Flügel leicht, als könnten sie sich von ganz alleine in der Luft halten. Dafür hatte Christina aber auch einige Zeit investieren müssen, die vielen Stoffschichten auseinander zu klabüstern und richtig herum anzuziehen. Jetzt musste sie sich sputen um rechtzeitig zur Wahlveranstaltung zu gelangen.

Eilig zog sie ihre neuen Flügel aus dem Gefahrenbereich der Drehtür und stieß prompt mit einem einzelnen Mann zusammen, der am Rande des Parkplatzes ausharrte.

„Pass' doch auf.", knurrte er. Schützend zog er sich den Kragen über den Vollbart. Er schien schon länger im Schnee zu stehen; um ihn hatte sich ein Krater aus Fußstapfen gebildet. Der Bärtige wandte sich ab und starrte in die Ferne, als hielt er nach etwas Bestimmtem Ausschau.

Christina raffte ihr Gewand hoch und stakste durch den Neuschnee zum einzigen Fahrzeug, mehr Schneehaufen denn Auto. Schnell war die himmelblaue Ente von der nassen Masse befreit. Christina griff in die Innentasche des Umhangs und zog verdutzt einen mickrigen Schoko-weihnachtsmann heraus.

„Oh nein!", stöhnte sie. Sie hatte ja ihre alte Verkleidung in die Obhut des Brunnenengels gegeben!

Und in der befanden sich die Autoschlüssel!
Die erbarmungslose Kälte umklammerte Christina mit
eisiger Klaue. Instinktiv verschränkte sie die Arme und
schnatterte lauthals. Die Gedanken überschlugen sich.
Wie sollte sie es schaffen, in nur einer dreiviertel Stunde
zur Grand Gala zu kommen? Ohne Auto?

„Bist du ein Engel?" Das Gesicht des kleinen Jungen
war verfroren und bleich. Er wischte sich die dicken
Flocken von Lid und Wangen, als wollte er einen besonders guten Eindruck hinterlassen. Er mochte vielleicht
sechs gewesen sein. Sein grauer, abgewetzter Mantel war
so groß, dass er Gefahr lief bei jedem Schritt zu stolpern.
Die feuerrote Pudelmütze hatte den Schnee gierig aufge-
saugt und war mehr nass als trocken.

„Siehst du doch." Christina beachtete den kleinen
Burschen kaum. Ihre Aufmerksamkeit galt dem U-Bahn-
Schild am anderen Ende des Platzes.

„Kannst du fliegen? Ich hab gehört, echte Engel können
fliegen."

„Ich bin ein echter Engel." Christina lief los und überquerte den Parkplatz im Laufschritt.

Christinas Schritte hallten von den bunt gekachelten
Wänden wider, als sie die U-Bahn Haltestelle hinab-
hastete. Sie folgte der Unterführung, vorbei an weihnachtlichen Werbeschildern und Plakaten, bis Kontroll-
schranken den weiteren Weg versperrten.

Sie griff an ihre Tasche, nur um sich erneut ins Gedächtnis
zu rufen, dass der Autoschlüssel immer noch abwesend
war – zusammen mit Geldbeutel inklusive Nahverkehrs-
karte.

„Du, Engel?" Der Junge war ihr gefolgt.

„Hast du nichts Besseres zu tun?" maulte Christina.

„Engel erfüllen doch Wünsche oder?", fragte der Junge
kleinlaut.

Die Uhr auf der nahen Anzeigentafel blätterte um auf 18:25.

„Wie heißt du?" seufzte Christina ungeduldig.

„Philipp" strahlte der Junge. „Und du?"

„Ich?"

„Haben Engel keine Namen?"

„Natürlich haben wir Namen!" Christina erfasste die Werbung eines Supermarktes. „Norma", sagte sie. „ ...lia. Normalia. So heiß' ich."

Philipps Grinsen wurde breiter. Knatternd zog er sich den Rotz die Nase hoch. „Kannst Du mir einen Wunsch erfüllen? Ist auch nur einer."

„Philipp oder wie du heißt... ich hab's eilig. Ich hab fünfunddreißig Minuten, um ans andere Ende der Stadt zu kommen."

„Warum fliegst du nicht?"

„Das... geht halt nicht. Der Schnee. Schlechtes Flugwetter."

„Aber danach... danach hast du Zeit!"

Christina verdrehte die Augen. „Wenn ich's rechtzeitig schaffe, erfüll ich dir jeden Wunsch."

Wie auf Kommando sprang der Junge zum Personaleingang neben den Schranken. Blitzschnell erklomm er das engmaschige Gitter, sprang auf der anderen Seite herunter und öffnete die Tür.

„Komm mit!" Er nahm Christina an der Hand und zerrte sie hinab zum Bahnsteig.

Das Zugabteil war kaum besetzt. Ein älterer Herr starrte gedankenverloren auf die vorbeirauschende Wand vor dem Fenster. Zwei Frauen hatten ihre Einkaufstüten zwischen den Beinen geparkt und prahlten lautstark mit Geschenkideen. Neugierig gafften sie auf das ungleiche Paar keine vier Meter entfernt.

Ein Teenager in einem Engelskostüm, was mit Ach und Krach zur Tür hineingepasst hatte, und daneben ein verwahrloster Junge.

Christina befreite das Kostüm sorgsam von den Schneeflocken. Der Saum hatte etwas Dreck abbekommen, aber wenn sie sich andersherum hinstellte, sah das kein Mensch. Gebannt folgte sie der Route auf dem Fahrplan. Noch zwei Stationen und sie war am Ziel.

„Fahrkartenkontrolle." Der alte Herr hatte sich erhoben und streckte Christina fordernd die Hand entgegen.

„Wie bitte?" Christina lief rot an. Hätte sie ihren Kopf in den Schnee gesteckt, wäre dieser mit einem Mal komplett abgetaut.

„Kann ich bitte ihre Fahrkarte sehen?"

„Ich..." - Christina brachte keinen vernünftigen Laut hervor.

„Das ist ein Engel! Der Engel Normalia!" verkündete Philipp stolz.

„Soso, ein Engel...", hüstelte der Kontrolleur, „Engel hin oder her, jeder braucht einen Fahrschein."
Christina rang nach Luft. Außer einem verlegenen Grinsen konnte sie dem nichts entgegenbringen.
Der Schneefall war heftiger geworden. Christina rannte die Treppe hoch und erreichte die Straße. Der Kontrolleur hatte nicht das geringste Erbarmen gezeigt. Auch als er sie und ihren kleinen Begleiter aus dem Zug geworfen hatte, war er bis zum Ausgang gefolgt, um sicher zu gehen, dass beide nicht noch mehr Ärger verursachen würden.

„Warum läufst du mir ständig nach?", klagte Christina. Ihre Flügel flatterten unruhig im Wind.

„Aber... Du bist doch ein echter Engel!", rechtfertigte sich Philipp.

Kein Auto war weit und breit zu sehen. Auch Taxen schienen ihren Dienst eingestellt zu haben. Die Hochhäuser der Vorstadt glichen eisigen Schluchten. Keinen Hund würde man an diesem Abend vor die Tür setzen. Wind und Schnee machten jeden Schritt zur Herausforderung. Die Kälte bitzelte wie tausend Stiche auf der Haut. Christinas Luxusgewand wehte hilflos umher und war dem Wetter schutzlos ausgeliefert. Und dann war die Straße zu Ende.

Ein leichter Abhang führte hinab zum Fluss. Auf der gegenüberliegenden Seite konnte Christina die Lichter der Innenstadt erkennen. Prächtige, mit Lichterketten verzierte Tannenbäume, peppige, blinkende Weihnachtsschilder und weit darüber, auf dem Dach eines palastgleichen Gebäudes, die grün-blaue Neonschrift ‚Grand Gala'. Es gab nur einen Weg hinüber.

Der Fluss lag starr in seinem Bett und hielt Winterschlaf. Auf der Oberfläche hatte sich eine Schneedecke gebildet. Niemand konnte sagen, wie dick das Eis darunter wirklich war.

Bedächtig tastete sich Christina vor. Es knackte alarmierend.

„Du meine Güte..."

„Engel können doch nicht ertrinken?" Philipps Stimme klang besorgt.

„Natürlich nicht."

Ehe sich Christina versah, stand Philipp auf dem Eis und wippte prüfend auf und ab. Der Fluss gewährte die Belastung.

„... und außerdem kannst du ja fliegen."

„Wie konnt' ich das nur vergessen."

Christina folgte zaghaft. Es knackte abermals, mehr aber auch nicht.

Es war zwanzig vor sieben. Wenn sie sich beeilte, konnte sie es gerade eben schaffen. Philipp reichte ihr die Hand, aber Christina zog es vor stattdessen ihr Kostüm festzuhalten. So machten sich beide auf den Weg das fünfzehn Meter breite Flussbett zu überqueren. Mit jedem Schritt rückten die Lichter der Innenstadt näher. Es knirschte und knackte. Mal laut, mal leise, als wäre der Fluss kitzlig und würde im Schlaf vor sich hin kichern.

„Wie fühlt man sich als Engel?", wollte Philipp wissen.

„Nun ja..." Christina stutzte. „Man macht Menschen glücklich. Es ist schön, wenn die Menschen einen bewundern. Sie respektieren einen...", sie pausierte, „ ... meistens."

Es knirschte. Lauter als zuvor, gefährlicher als zuvor. Christina spürte, wie der Untergrund zu schwanken begann. Ehe sie sich versah, stand sie bis zum Knöchel im Wasser. Ein Sprung hatte sich gebildet. Das kalte Wasser blubberte hervor. Der Fluss war soeben erwacht.

Gewaltige Risse durchzogen die Fläche aus Eis und Schnee wie einen Spiegel, auf den man mit dem Hammer eingeschlagen hatte. Überall rumpelte und donnerte es. Der Fluss bebte, es gab keinen festen Halt mehr.

„Lauf!", rief Christina. Sie ließ ihr Gewand los, packte Philipp und zog ihn mit sich. Wie Gämse sprangen beide über den Fluss, von Eisstück zu Eisstück. Die kalte Brühe drang in die Schuhe, die Füße rebellierten vor Schmerz. Überrascht blieben beide stehen. Sie hatten die andere Seite erreicht, aber eine mannshohe Ufermauer versperrte den Weg. Christina konnte sich schon hochziehen, aber Philipp hatte keine Chance. Die Risse schossen heran. Christina packte den Jungen an den Beinen und hievte ihn empor.

„Kletter hoch!", drängte sie.

Doch ein Spalt durchtrennte das Eis zwischen ihren Füßen und unter ohrenbetäubendem Krach brach es auseinander.

Christina reagierte sofort. Sie stemmte ihre Schuhe gegen einen Vorsprung und hielt sich an der Mauerkante fest, ehe das Eiswasser sie verschlingen konnte. Philipp aber verlor den Halt. Er rutschte ab, purzelte über Christinas Rücken und umklammerte ihren rechten Flügel in letzter Sekunde.

„Engel! Engel!" quiekte er.

Aufgeregt strampelte Philipp in der Luft, nur wenige Zentimeter über dem eiskalten Wasser. Das Holzgestell des Flügels ächzte.

„Nimm meine Hand!" Christina wand ihre freie Hand über die Schulter. Sie tastete ziellos auf ihrem Rücken umher, konnte Philipp aber nicht erreichen.

Mit einem Knacken zersplitterte der Flügel. Schreiend fiel der Junge in die Tiefe. Das Wasser spritzte.

Christina drehte sich um, auf das Schlimmste gefasst. Doch Philipp stand unter ihr, lediglich bis zum Bauch im Wasser. Er versuchte zu grinsen, was ihm nicht besonders gut gelang. Der Fluss war nur einen halben Meter tief!

„Ich hab doch gewusst, wir können nicht ertrinken", schlotterte er.

Die Hafenmauer zu bezwingen war nun ein Kinderspiel. Christina und Philipp folgten der engen Hafengasse, vorbei an einer alten Halle, dessen Ladekräne und Seilzüge schon seit Jahren stillzustehen schienen. Christina drückte den Jungen an sich. Er bebte vor Kälte. Seine Hose war steifgefroren und mit Frost überzogen. Bedrückt linste Christina über die Schulter auf ihren rechten Flügel, der wie ein abgestorbener Körperteil vor sich hinbaumelte. Sie musste ihn reparieren, irgendwie. Sie blickte auf.

Am Ende der Gasse wartete die 'Grand Gala' mit all ihrer Herrlichkeit.

„Na endlich!"

„Kann ich dir jetzt meinen Wunsch verraten?" bibberte Philipp.

Christina blieb stehen. Die Zeiger einer nahen Kirchturmuhr rückten auf 18:50.

„Schieß' los."

Eine dumpfe Stimme durchschnitt die Nacht.

„Ihr da! Einen Moment!"

Philipp zuckte zusammen.

„Wer sind Sie?" Christina brauchte einige Sekunden, um den Mann zu erkennen. Es war der Bärtige, mit dem sie vor dem Einkaufszentrum zusammengestoßen war.

„Jugendamt", entgegnete dieser forsch und zog sich den Kragen zurecht. „Seit einer geschlagenen Woche bin ich hinter dem Jungen her. Ist mir schon zweimal ausgebüxt." Christina spürte, wie Philipp sich näher an sie herandrückte. Sein Puls hämmerte auf sie ein.

„Was wollen Sie von ihm?"

„Treibt sich in den Arkaden rum und belästigt Kunden. Vorhin hab ich euch beide in die U-Bahn steigen sehen und bin gefolgt. Seid ihr verwandt?"

„Nein." Christina schüttelte den Kopf.

„Na dann..." Wortlos packte der Mann Philipp am Arm.

„Ich will nicht!" Philipp wehrte sich mit aller Kraft.

„Bengel, ich hab's dir schon mal erklärt", knurrte der Bärtige. „wenn du kein zu Hause hast, kommst du ins Heim."

„Normalia, ich will da nicht hin", flehte Philipp. „*das* ist mein Wunsch!"

„Tja, also..." Christina versuchte ihr Lächeln beizubehalten, versagte aber kläglich. „Das ist nicht so einfach...", druckste sie.

„Das... das geht nicht."

„Aber... du bist doch ein Engel, ein echter Engel. Du kannst doch fliegen!"

Verlegen zog Christina den Schokoweihnachtsmann aus dem Umhang und drückte ihn Philipp in die Hand.

„Tut mir echt leid."

Tränen rannen Philipps gefrorene Wangen hinab.

„Du bist genau wie die anderen im Supermarkt. Du bist kein Engel", flüsterte er enttäuscht. Der Schokoweihnachtsmann segelte in den Dreck.

Christina war wie gelähmt. Sie zwang sich, den Blick von dem Häufchen Elend abzuwenden, das wie ein Verbrecher abgeführt wurde.

„Engel... so ein Humbug...", brummte der Mann abfällig.

Das Hotel ‚Grand Gala' war nicht zu übersehen. Vor dem Eingang drängten sich unzählige Engel bis auf die Straße und fieberten dem Beginn der Veranstaltung entgegen, einer schöner herausgeputzt als der andere. Die Köpfe weit nach oben gereckt, versuchten sie sich gegenseitig zu übertrumpfen. Ihre goldenen Häupter glänzten majestätisch unter den festlichen Lichterketten. Vornehmes Geschnatter lag in der Luft.

Die Überreste von Christinas Flügel waren schwer geworden, die Perücke war verrutscht und das Engelsgewand zwickte und zwackte überall, als trüge sie die Haut einer Fremden. Der Umhang triefte vor Nässe, Eis und Matsch, aber das war ihr gleichgültig geworden. Glockengeläute hallte durch die Straßen. Die Turmuhr schlug sieben. Christina blieb stehen. Sie wollte sich dort gar nicht mehr einreihen.

„Entschuldigung?" Der Bärtige drehte sich um.

„Sie haben Recht."

Mit einem Ruck öffnete Christina den Gürtel, der ihre Flügel am Rücken fixierte. Wie ein alter Kokon fielen sie zu Boden. Die Perücke folgte.

„Alles nur Humbug."

„Wie bitte?"

„Ist es Ihnen aufgefallen? Es schneit nicht mehr." Christina deutete in den Himmel. Die Wolken hatten sich verzogen.

„Ach?"

„Sie wissen nicht, was das bedeutet?"

Philipps Augen funkelten. „Das... das ist Flugwetter! Dann können Engel fliegen!", jubelte er.

Christina zog ihn zu sich.

„Moment mal, Fräulein!", empörte sich der Mann.

„Der Junge gehört zu mir. Sie brauchen sich nicht länger mit ihm abzugeben."

Ehe der Bärtige reagieren konnte, verpasste Christina einem Bremshebel an der nahen Wand einen Tritt. Schlagartig löste sich das Gegengewicht des alten Flaschenzugs. Das Konstrukt aus Seilen und Winden setzte sich quietschend in Bewegung. Christina zwängte ihren Fuß in den Lasthaken und hielt sich am Seil fest. Mit ihrem Arm um Philipps Brust katapultierte ein heftiger Ruck beide in die Höhe, aus den Fängen des Bärtigen. Der Boden der Gasse rauschte im Eiltempo davon. Die beleuchteten Fenster zischten nur so vorbei. Ein Stockwerk nach dem anderen verschwand unter ihnen.

„Wir fliegen! Wir fliegen!", jauchzte Philipp. Die Lichter der Häuser, der Türme, der gesamten Stadt verschwammen zu einem gewaltigen Farbrausch. Immer weiter ging die Fahrt, immer höher, dem Sternenhimmel entgegen.

Mit einem Ruck endete der Flug. Christina setzte Philipp auf dem Flachdach ab.

„Ich hab's gewusst. Du bist ein echter Engel!", strahlte Philipp.

Christina schüttelte den Kopf.

„Ich bin nur ein Mensch. Ein ganz normaler."

Philipp fiel ihr um den Hals, dass sie fast keine Luft mehr bekam. Viel kräftiger, als alle Kinder sämtlicher Einkaufszentren es jemals zustande gebracht hätten.

„Du bist eben Normal... ia.", lachte er.

Uwe Neugebauer

Eine makellose Entscheidung

Er war ein lebensfroher, alter Mann, für den der Spaß seines Lebens noch in so allerlei Dingen bestand und obgleich er seit vielen Jahren jetzt allein lebte, machte ihm das wenig aus.

Nur manchmal, da fühlte er Einsamkeit.

Daher beschloss der Alte eines Tages, einen treuen, wenn auch nutzlosen Kameraden zu sich zu nehmen. Diesen taufte er dann auf den Namen Hiob, denn als ihm der streunende Kater damals zugelaufen war, bescherte er dem Alten manchen Ärger. Doch Hiob blieb die einzige Veränderung in dem Haus, wo nun Tier und Mensch zusammen lebten. Und dies hätte auch bis zum Ende ihrer Tage so bleiben können, wenn da nicht jene Entscheidung gekommen wäre, die der Alte nun zu fällen hatte und die so oder so alles beenden würde.

„Ein sauberer, glatter Schlussstrich", sagte der alte Mann leise.

Er saß noch immer am Küchenfenster, während die warmen Strahlen der Frühjahrssonne sein faltiges Gesicht wärmten. Gerade begann er darüber nachzusinnen, dass ein neues Jahr wieder begonnen hat, und mit etwas Glück, sagte er sich, wirst du auch dieses noch erleben.

Gleichsam fiel ihm ein, dass das Glück eine heikle Sache ist, wo er doch so viel davon in seinem Leben gehabt hat. Der Alte wusste, dass er es nicht auf ewig pachten konnte. Die Zeit der Entscheidung lag also folgerichtig nah. Und er hatte auch lange über all das nachgedacht. Nun fand er, dass ein Ende unumgänglich sei. Sein Blick wurde ausdruckslos. Er betrachtete den Bogen

Schreibpapier, welchen er beabsichtigte mit ein paar Worten zu füllen. Blass und ruhmlos wirkte das Papier.

Allmählich griff der Alte zum Füllfederhalter und sogleich spürte er die Ungeübtheit seiner Hände. Dennoch nahm er sich zusammen, weil er es von sich erwartete. Mit unsicherer Hand schrieb er die erste Zeile auf das leere Blatt Papier.

„Ich glaube fest daran, dass jedes Ende auch ein Gutes in sich birgt", stand da in zittriger Schrift. Dann setzte er ab und hinterließ, durch den schweren Druck seiner Hand, einen kleinen, aber unhöflichen Tintenfleck.

„Wenn es einen Gott gibt", dachte er, „soll er mir die Kraft geben".

Seine müden, grauen Augen starrten auf die vergilbte Tapete des Zimmers. Vom Kohleofen strahlte die bekannte Wärme und der Wind drückte von draußen gegen das Fenster, so dass das Dunkel des Raumes unwichtig wurde. Auch Hiob, der zusammengerollt neben dem Ofen schlief, hätte daran nichts zu ändern gewusst.

„Du alter, dicker, fauler Kater", sagte der Alte in Gedanken zu dem Tier. „Es ist Frühjahr, geh hinaus und beglücke ein paar Katzen. Und bring mir einen Balg von deinem Nachwuchs mit. Aber wenigstens kennst du ein paar Katzen. Ich kenne nur eine, wenn du nichts dagegen hast. Sie heißt Mildred und glaubt, sie könnte noch ein paar gute Tage mit mir verbringen. Aber ich weiß nicht, ob ich noch die Kraft für all das habe.

Und wahrscheinlich ist es besser, ich lass mich auf gar nichts ein. Zudem hat Mildred einen empfindlichen Makel. Aber das soll dich nicht weiter kümmern, du fauler, alter Kater."

Der Kater ruhte weiter, weil er auf das Gerede des Alten sowieso nichts geben würde, wenn er ihn verstehen könnte oder Telepathie beherrschte. Der Alte nahm einen Schluck aus der großen Tasse, die die ganze Zeit vor ihm stand und bemerkte, dass er schon lange hier sitzen musste, da der Kaffee kalt war.

„Furchtbar", sagte er laut.

„Weiter", dachte er. „Du musst weiter schreiben." Aber was? Es wird nicht leicht sein, sagte er zu sich. So etwas ist für niemanden einfach.

„Die ganzen Jahre warst du allein", sagte er leise und blickte aus dem Fenster zu den hochgeschossenen Kastanien.

Auf dem noch spärlich begrünten Baum hatte sich eine Amsel niedergelassen, die dort stumm auf den vom Wind bewegten Ästen hin und her wippte. Als der Alte das sah, fiel ihm die Geschichte von Raahn dem Raben ein, der allein durch die Welt flog, weil er unbesiegbar war und das Glück ihm stets zur Seite stand.

Er war ein tapferer, großer und sehr schöner Rabe. Er war der freieste von allen Vögeln. Raahn fürchtete auch die Menschen nicht. Und eines Tages flog Raahn zu dem Haus, wo Menschen mit vielerlei Tieren zusammen lebten und dachte, dass es sehr gute Menschen sein müssen, die so viele Tiere beherbergen. Immer öfter machte Raahn bei diesem Haus Rast. Er bekam regelmäßig Futter und gewöhnte sich an die Nähe jener Gesellschaft. Aber Raahn hatte sich geirrt mit der Güte der Menschen und bereute seine Einfalt. Sie nahmen ihn gefangen, stutzten ihm die Flügel und nannten es sein neues Zuhause. Und so war Raahn umgeben von Freunden, die ihm die Freiheit nahmen und er nichts dagegen zu tun wusste, als vor Kummer in einem Käfig zu sitzen und nach wenigen Tagen zu sterben. Die Amsel flog davon.

Der Alte beobachtete ihren Flug, und in Gedanken rief er ihr nach: „Lebwohl, Amsel! Du hast ein gutes Los gezogen..."

Eine Zeit lang überlegte er, stand dann aber auf und ging zum Küchenregal, wo die Schatulle stand. Sie war aus edlem Mahagoniholz gearbeitet und er betrachtete sie zweifelnd, wo er doch um ihren Inhalt wusste. Dann stellte er das Behältnis auf den Tisch. Ohne sie zu öffnen malte er sich aus, wie alles seinen Lauf nehmen könnte. Um sich der Illusion seiner Gedanken gewahr zu bleiben, griff er erneut zum Füllfederhalter und drehte diesen in der Hand hin und her. Gedanklich öffnete er den halbrunden Deckel der Schatulle. Er besah sich die matt- und dunkelglänzende Waffe. Es war eine ASTRA, Baujahr 1924, 6,35 mm, mit einem Sechs-Kammer-Magazin, das in den Griff der Pistole hineingeschoben wurde.

So lange er denken konnte besaß er das gute Stück. Sie war sein Andenken aus vergangenen Kriegstagen und er hatte sich geschworen, wenn er sie noch einmal benutzen sollte, wäre es auch sein letztes Mal. Im Magazin waren drei Patronen. Die erste Patrone sollte zur Verteidigung des Hauses sein, falls es irgendwelchen Halunken einfallen würde hier einzudringen. Die zweite war dafür, wenn es sehr widerspenstige Halunken waren. Und die dritte Patrone, die, die er nun fürchtete, sollte der Ausweg aus aller Hoffnungslosigkeit sein, egal, wann der Zeitpunkt dafür gekommen ist. Ja, dachte er und richtete den Blick auf das Blatt Papier, auf welchem er versuchte etwas niederzuschreiben, wovon er wusste, dass es so oder so eine sehr hässliche Entscheidung sein wird.

„Verdammt noch mal", dachte der Alte. Aber es gab nur einen Weg, den er wählen konnte, und sollte die Entscheidung zu Mildreds Gunsten fallen, wäre möglicherweise alles in bester Ordnung.

„Oder auch nicht", dachte er weiter. Denn ihm fiel wieder Mildreds großer Makel ein, der plötzlich alles über den Haufen warf. Hiob hatte derweil beschlossen, sein Nachmittagsnickerchen zu unterbrechen.

Er lag ausgestreckt auf der Seite während seine Krallen sich spreizten und das Maul weit aufgerissen war. Der Alte besah sich seinen treuen Freund. Er beobachtete mit Entzücken, wie der Rücken des Katers sich beim Aufrichten zu einem halbrunden Bogen formte, wie sich das graue Fell dabei sträubte und Hiob ihm nun gegenüber saß mit den ergebenen, gelben Augen.

„Soll es so sein Ende haben?" fragte sich der Alte.

„Womöglich", gab er zu. Und er setzte den Gedanken fort, den er begonnen hatte. In seiner Vorstellung spürte er das kalte Metall, wie es allmählich seine Körperwärme annahm, während er die Waffe in der Hand hielt.

„Es ist augenscheinlich, dass ich nur eine Patrone brauche", überlegte er. Er hörte das Klicken des Abzugshahnes, wenn sich dieser spannt.

„Vielleicht sollte ich aufhören, mir so etwas vorzustellen", dachte er jetzt und sah im Geiste den Lauf der Waffe aufgerichtet.

Für einen Augenblick, für den Wimpernschlag in der Unendlichkeit seiner Gedanken, sah er das verspritzte Blut an Boden und Wänden, wie es die Auswirkung eines solchen Geschosses ist, wenn wirklich diese eine Patrone für solchen Zweck gebraucht worden wäre. Der Kater sprang mit einem Satz auf den Küchentisch, wo er mit samtweichem Schnurren den Kopf gegen die Hand des Alten drückte.

„Natürlich", sagte der Alte leise, wobei er plötzlich fürchtete, dass sein Freund doch der Telepathie mächtig sei und deshalb fügte er hinzu: „Aber mach dir keine

Sorgen. Um Mildreds Willen werd´ ich dich nicht töten, auch wenn ich mit dem Gedanken spielte."

Ehe der Alte mit dem Schreiben fort fuhr, las er sich noch einmal laut das Geschriebene vor:

„Ich glaube fest daran, dass jedes Ende auch ein Gutes in sich birgt."

Dann lächelte er, weil er wusste, was es zu erledigen gab und er setzte an der Stelle fort, wo der Tintenfleck jetzt eingetrocknet war:

„Und deshalb, liebe Mildred, kann ich mir keine gemeinsame Zukunft mit Dir vorstellen. Liebste Mildred, verzeih, aber ich finde Deine Allergie gegen Katzenhaare schlichtweg zum kotzen."

P.S. Hiob lässt Dich grüßen.

Tarek Spreemann

Ein Paradies auf Erden

Das kleine Dorf Wörlingen lag von dem Trubel der
großen Welt beschützt in einem idyllischen Tal, umgeben
von hohen, bewaldeten Hügeln. Nur eine einzige, holprige, sich bald nach rechts, bald nach links windende Strasse verband das Dörflein mit der Außenwelt, durch tiefen
finsteren Tannenwald schlängelte sie sich die vielen Hügel rauf und runter.

Aufgrund der großen Abgeschiedenheit von dem Rest
der Welt – die dichten Wälder lagen wie eine hohe Mauer
um das Dorf herum – herrschte seliger Friede und un-
gestörte Harmonie in Wörlingen. Die kleine Gemeinde
lebte in tiefstem Einvernehmen miteinander. Hier kannte
jeder jeden, was nicht weiter verwunderlich war, da das
Dörflein nicht größer war, als dass man es in fünf Minuten, ging man zügigen Schrittes, durchgehen konnte.

Die in einem Kreis verlaufende Hauptstrasse führte
einen erst an der mittelalterlichen Kirche, dann am einzigen Gasthof vorbei. Zwei Häuser weiter lag die Metzgerei, ihr gegenüber ein winziges Lädchen, noch ein
dutzend Häuser weiter, auf einem von Pflastersteinen
bedeckten Platz, endete der Rundgang vor dem schönsten
Haus Wörlingens, seinem großen Stolz, dem Rathaus,
über dessen Eingangstür sich eine wunderschöne Wandmalerei befand.

Das Bild eines Mannes und einer Frau, die Hände haltend vor einem blühenden Apfelbaum standen. Die Dorf-
ältesten hatten diese schöne Abbildung wohl einst aus
der christlichen Lehre entnommen, als ein Symbol für
den dörflichen, paradiesischen Frieden. Und wahrlich,
für jeden Fremden, der aus der Welt außerhalb des

dunklen Waldes kam, aus den staubigen überfüllten Städten, musste dieses liebliche Dorf wie ein kleines Paradies auf Erden erscheinen, vor allem wenn er im Sommer kam. Dann blühte und grünte die Natur in vollendet üppiger Pracht und Vielfalt, die Wiesen waren voll farbiger Blumen, in den Wäldern ringsum sangen die Vögel von den dicht belaubten Bäumen, und die Menschen in den Gärten ihrer Häuser machten zufriedene Gesichter.

Es war ein solch warmer lichter Sommer, ein schöner Sommernachmittag ging dem Abend zu, friedliche Ruhe lag über Wörlingen, nur gestört von dem meckernden Geräusch eines Traktors, der auf einem dem Dorfe nahe gelegenen Feld seine Fuhren zog. Adam der Bauernsohn saß am Lenkrad, sein struppiger blonder Haarschopf war nass geschwitzt, Schweißperlen traten ihm auf der breiten Stirn hervor, fanden ihren Weg durch die buschigen Brauen, tropften über die müde dahinblickenden Augen, sickerten über sein lang gezogenes, schmales Gesicht, an der stolzen Adlernase vorbei, bis sie in seinem kleinen Kinnbärtchen versickerten.

Die Hitze des Tages war noch ungeschwächt, die Arbeit und die vom Sommerhimmel herabstechende Sonne hatte den fleißigen Bauernsohn erschöpft. Eine helle, ein wenig kreischende Frauenstimme, die seinen Namen rief, ließ ihn in seiner Arbeit innehalten, sich umdrehend entdeckte er, dass sich jemand von der anderen Seite des Feldes mit einem Korb unter dem Arm eilig näherte.

Adam beschattete die Augen mit der Hand und erkannte, dass es Eva war, die Tochter des Ladenbesitzers, mit wilden fuchtelnden Armbewegungen winkte sie ihm zu, als könnte sie sich vor Freude ihn zu sehen kaum bändigen. Schnell wischte sich Adam mit dem Hemdärmel den Schweiß vom Gesicht, zwängte seinen hageren, eine Bohnenstange weit überragenden Körper aus dem Traktor und ging dem Mädchen entgegen.

Eine kurze Zeit später saßen Adam und Eva nebeneinander im grünen Gras, vor sich hatten sie eine weiße Tischdecke ausgebreitet, auf der ein gutes Abendbrot zurecht gelegt war. Beherzt sprach der hungrige Bauernsohn den Köstlichkeiten zu, die ihm Eva gebracht hatte. Das Mädchen hatte ihren großen Kopf an seine Schulter gelehnt, ihre dicken, aus ihrem dichten braunen Haar geflochtenen Zöpfe baumelten vor seinem Gesicht herum, aufmerksam sah sie dem Essenden zu.

„Nächsten Sonntag Adam", flüsterte sie zärtlich in sein Ohr. „Nächsten Sonntag heiraten wir!"
Adam nickte nur stillschweigend und würgte das gerade abgebissene Stückchen Wurst herunter.

Denn so war es beschlossen. Nächsten Sonntag sollte Adam der Bauernsohn mit Eva, der Tochter des Ladenbesitzers den heiligen Bund der Ehe eingehen. Das ganze Dorf redete über nichts anders mehr als über die bevorstehende Hochzeit, die Vorbereitungen für dieses große Ereignis waren schon in vollem Gange.

Am Donnerstag, in der Woche vor der Hochzeit, stand Vater und Sohn Adam im Schweine-Stall des Bauernhofes und suchten das wohlgenährteste Tier heraus, damit man es zum Metzer bringen konnte, der es dann für den großen Hochzeitsschmaus am Sonntag schlachten würde. Vater Adam hielt mit seinen groben Händen die hölzerne Umzäunung des Schweinegeheges umfasst, sein dicker Bauch presste sich gegen die hölzernen Bretter. Mit Kennermiene betrachtete er die zu seinen Füßen faul herumliegenden Schweine und zwischen ihnen sich gegenseitig herumschubsenden laut quiekenden Ferkel. Bedachtsam kratzte er sich durch den braunen Vollbart und zeigte

dann mit seinem Zeigefinger auf ein besonders umfang-
reiches Schwein.

„Die da, was mein Sohn... der da machen wir den
Garaus."

Adam strich sich ebenfalls durch sein lichtes Bärtchen,
und beäugte das von seinem Vater ausgewählte Tier, das
mit geschlossenen Augen, nur ab und zu ein genüssliches
Grunzen ausstoßend, dalag. Das gerade über es verhängte
Todesurteil schien es nicht im Mindesten in seiner trägen
Schläfrigkeit zu verstören.

„Ham", meinte er dann, überhaupt nicht einverstanden
mit der ausgewählten Sau, denn es verband ihn nämlich
ein nahes Verhältnis, als sie noch ein Ferkel gewesen
war hatte er mit ihr gespielt und sie so ins Herz geschlos-
sen. Wie er seine alte einstige Spielgefährtin da so liegen
sah, kam ihm der Gedanke, dass er lieber nicht heiraten
würde, sodass die Sau verschont bliebe.

„Ham", wiederholte er noch einmal. „Ist es nicht ein
bisschen schade drum?"

Doch der Vater hörte nicht auf ihn, schon hatte er das
Gehege geöffnet und trieb nun mit energischen Stock-
hieben das Tier aus dem Stall ins Freie.

„Adam, du gehst mit der jetzt gleich zum Metzer!
Irmgrid die Magd kann dir dabei helfen." Der Bauer
drückte seinem Sohn den Stock in die Hand, gab der am
Boden herumschnüffelnden Sau zum Abschied einen
Klaps auf den dicken Leib. Dann trabte er laut den Name
Irmgrid rufend dem Wohnhaus zu, aus dem ein heraus-
befohlendes junges Mädchen hervorkam, mit über-
mütigen, lustigen Sprüngen eilte es auf Adam zu, der
etwas verloren und über den ihm erteilten Auftrag
ungestimmt neben dem zum Tode verurteilten Schwein
stand.

Beim Anblick des fröhlichen Mädchens, dessen hübsches, reizendes Aussehen selbst den traurigsten Jungen Freude bereitet hätte, hellte sich seine betrübte Miene sofort auf. Wieder, wie schon so oft zuvor, empfand er deutlich, dass Irmgrid, die Magd, viel schöner war als Eva, seine baldige Braut. Irmgrid hatte helle strohblonde Haare, eine reine, milchweiße Haut, lebhafte himmelblaue Augen und Lippen so rot und voll wie reife Kirschen vor der Ernte.

„Ja", dachte Adam bedauernd, als Irmgrid nun vor ihm stand und ihn unternehmungslustig anschaute, „wenn ich doch nur Irmgrid heiraten dürfte."
Doch das war natürlich ausgeschlossen, denn Irmgrid, die Magd war nichts weiter als ein hergelaufenes Frauenzimmer. Sie kam nicht aus dem Dorf - woher sie eigentlich kam, wusste niemand so recht, es ging das Gerücht herum, dass sie von außerhalb der großen Wälder stammte. Eines Tages war sie plötzlich auf dem Bauernhof aufgetaucht und hatte um Arbeit gebeten.

„Zum Metzger?" fragte sie nun und sah teilnahmsvoll auf das sich an Adams Beinen genüsslich reibende Tier.

„Ja", antwortete Adam zerknirscht. „Zum Metzger. Wegen der blöden Heirat."
Langsam, da Adam es nicht übers Herz brachte seine einstige Spielgefährtin mit Stockschlägen Beine zu machen, verließ die kleine Gesellschaft den Bauernhof und bog auf die Hauptstraße ein. Das Mädchen in ihrer unbändigen, kindlichen Fröhlichkeit summte ein Liedchen vor sich her, verstummte aber schon bald, als sie verstand, dass Adam ihre unbesorgte Gemütsstimmung nicht teilte. Und das tat Adam ganz und gar nicht.
Je näher sie dem Metzger kamen, desto trauriger fühlte er sich. Allerlei wehmütige Gedanken gingen ihm durch den Kopf. Er bemitleidete sich selbst, da er bald heiraten

sollte, und das Schwein neben ihm, dem diese Heirat das Leben kosten würde. Immer wieder fragte er sich, warum er eigentlich überhaupt heiraten musste. Es lebte sich doch auch ganz gut ohne eine Frau.

Als das Schwein stehen blieb, am Straßenrand in der Erde rumwühlend, blieb auch Adam abrupt stehen. Irmgrid, die Magd, knuffte ihn kameradschaftlich gegen die Brust.

„Heh Adam, so kommen wir nie zum Metzger. Auf jeden Fall nicht vor Sonntag und dann gibst zum Hochzeitsschmaus nichts zu essen".

„Na und". Adam starrte trotzig vor sich hin. „Ich will sowieso nicht die Eva heiraten."

„Ach komm, das wird schon toll", sagte Irmgrid, nahm dem wie ein verstockter Bube dastehenden Adam den Stock aus der Hand und brachte mit gespieltem Eifer und neckischen Stockstößen Adam und das Schwein wieder in Bewegung.

Schweigend gingen sie eine Weile so vor sich hin. Aus den die Straße säumenden Häusern verbreitete sich Bratengeruch, was den armen Adam, den Tränen nahe, dazu bewegte, sich zu der wie ein treues Hündchen dicht neben ihm herlaufenden Sau niederzubeugen. Zärtlich, liebvolle Worte nuschelnd, streichelte er sie zwischen den Schlappohren.

Wörlingen war in mittägliche Ruhe gehüllt, die Bürger speisten in ihren Häusern zu Mittag. Nicht alle, ein kleiner behände dahingehender Mann kam ihnen entgegen, er trug trotz der hochsommerlichen Wärme schwarze Hose und Pullover, ein kleines goldenes Kreuz funkelte in den hellen Strahlen der Sonne auf seiner Brust.

„Guck mal der Priester Hölderlin", raunte Irmgrid Adam zu.

„Auweia", fügte sie dann etwas besorgt hinzu, „ich glaub der will was von uns."

Das war wirklich so. Priester Hölderlin ging, kaum hatte er sie erblickt mit zielgerichteten Schritten auf sie zu, aus seinem von geradlinigen Zügen beherrschten Gesicht sprach wie immer tiefster Ernst hervor. Er war im Dorf als ein strenger Gottesdiener bekannt, wenn nicht sogar gefürchtet. Wehe dem, der es am Sonntag versäumte beim Gottesdienst in der Kirche anwesend zu sein. In Priester Hölderlins Augen war solch ein Versäumnis ein Frevel, und der Schuldige musste sich dann vor dem erzürnten Priester verantworten, von dem er sogleich nach der Predigt aufgesucht wurde.

Da aber sowohl Adam und Irmgrid wohlweißlich brave Kirchenbesucher waren, sahen sie dem nun auf sie zustürmenden Priester getrost entgegen.

Priester Hölderlin lächelte, bei ihnen angekommen, Adam und besonders der hübschen Magd wohlwollend zu, das ihn zur Begrüßung angrunzende Schwein übersah er, seine christlichen Bemühungen galten ausschließlich den Menschenseelen.

„Schönen guten Tag meine lieben Kinder", sagte er, schüttelte erst Adam und dann der Magd - und ihr besonders lang - die Hand.

Mit großer Liebenswürdigkeit wendete er sich dem Bauernsohn zu.

„Na junger Mann, darf ich Ihnen zu Ihrer baldigen Hochzeit gratulieren?! Lassen Sie mich Sie beglückwünschen für das redliche, ehrhafte Leben, was ihnen bevorsteht. Mit einer tüchtigen Frau an ihrer Seite, die ihnen viele Kinder schenken wird, werden Sie den Rest Ihres Erdenlebens, so wie es die Bibel uns lehrt, in diesem friedlichen Dorf leben."

Diesen langen Redeschwall ließ Adam wortlos über sich ergehen, hörte kaum hin, wie ein Kind, dem man eine langweilige Geschichte vorliest.

„Na, dann bis Sonntag, mein Sohn", sagte der Priester als Adam anstatt etwas zu erwidern nur verlegen zu Boden schaute, gab den beiden nochmals die Hand, bedachte Irmgrid mit einem flüchtigen verstohlenen Seitenblick und ging hastig von dannen. Die zwei Menschen und das Tier setzten langsam und hier und dort der Sau eine Schnüffelpause gewährend ihren Weg zum Metzger fort. Irmgrid, die es nicht leiden mochte, dass jemand in ihrer Gesellschaft schlechter Laune war, versuchte ihren Begleiter aufzuheitern.

„Der gute Priester hat Recht", sagte sie bestimmt. „Du kannst wirklich froh sein. Am Sonntag heiratest Du eine tüchtige Frau."

„Hah ...", Adam wollte sie unterbrechen, doch Irmgrid ließ es nicht zu.

„Psst", zischte sie. „Am Sonntag heiratest Du eine tüchtige Frau und dann lebt Ihr beide in diesem wunderbaren kleinen Dorf den Rest Eures Lebens!"
Sie sagte das in einer Art und Weise als wären Adams Zukunftsperspektiven das größte Glück, was einem Menschen zuteil werden konnte.
Ob sie es auch so aufrichtig meinte wie sie es gesagt hatte, war eher zweifelhaft, der Schalk leuchtete aus ihren Augen.
„Weißt Du", setzte sie eifrig fort, „da, wo ich herkomme, da hinter dem Wald", mit dem Arm beschrieb sie einen weiten Bogen, „aus einer riesigen Stadt, da ist es nicht so friedlich wie hier, nee, also!"
Adam, der bisher teilnahmslos vor sich hingestarrt hatte, hin und wieder durch ein Seufzen seinem inneren Unmut Auslauf gebend, hob jäh den Kopf.

„Eine riesige Stadt? Wie viele Häuser gibt es denn da?",
fragte er voll Interesse.

„Mehr Häuser, als dass man sie zählen kann", behauptete Irmgrid.

„Echt?"

Adam machte ein ganz verblüfftes Gesicht, mit leicht
geöffnetem Mund und großen Augen staunte er das Mädchen an. Da er Wörlingen noch nie verlassen hatte, war
ihm die Vorstellung einer aus unzählbar vielen Häuser
bestehenden Stadt ganz und gar unfassbar.

„Ja", bestätigte Irmgrid und gab dem Schwein, das sich
schon seit einer guten Weile nicht mehr von der Stelle
gerührt hatte – es tat sich an einem zwischen einem
Gartenzaun hervorlugenden Salat gütig – einen wohlgezielten Hieb mit dem Stock auf das fleischige Hinterteil.

„Und da wohnen so viele Menschen, dass man sich in
den Straßen manchmal anschubst oder sogar gegenseitig
auf die Füße tritt."

„Oh?"

Adams Erstaunen erreichte seinen Höhepunkt.

„Auf die Füße tritt?", wiederholte er fast ungläubig und
blickte auf seine Füße hinab, auf die bisher noch niemanden getreten war, warum auch, hier in Wörlingen
war Platz genug für die Füße aller Bürger.

„Ja, stell Dir das mal vor, da ist es furchtbar eng, nie
kann man für sich alleine sein, da werden sogar Häuser
aufeinander gebaut. Stockwerke nennt man das, weil
schon alles vollgebaut ist. Die ragen bis zu den Wolken!"
Das listige Mädchen fand Gefallen daran, diesem gutgläubigen Bauernjungen von der großen Welt zu erzählen, von Adams grenzenlosem Interesse angespornt und
seiner Unwissenheit amüsiert, begann sie mehr und mehr
in ihrer Erzählung zu übertreiben. Wie die Schlange wohl
einst im Paradies in das menschliche Ohr geflüstert hatte,

tat es nun Irmgrid, die Magd, in das Ohr Adams. Ganz nahe war sie zu ihm hingetreten, eng standen sie beieinander, mit gesenkter Stimme, als weihe sie ihn in ein großes Geheimnis ein, setzte Irmgrid in ihren Bericht fort.

„Und das ist nicht das Schlimmste. Da, wo ich herkomme, hat der Bürgermeister Geld gestohlen, das für die Stadt bestimmt war und in die eigene Tasche gesteckt. Von solchen Verbrechen liest man jeden Tag in den Zeitungen."

Adams Wangen glühten nun vor Erregung, nicht nur weil ihm diese aufregende Erzählung wie ein abenteuerliches Märchen vorkam, sondern vor allem, weil des Mädchens Lippen seine Haut berührten und ihr heißer Atem ihn am Ohr wunderlich kitzelte.

„Ja, und in einem Gasthof haben sie im Keller hinter einer dicken Tür furchtbare Gelage gehabt, bis sie alle so besoffen waren, dass sie unter die Tische gefallen sind wie überreifes Fallobst. Und der Priester ..."

Irmgrid war nun in einen kaum hörbaren Flüsterton übergegangen, ganz dicht standen sie beisammen, wie zwei Verschwörer.

„Ja, was der Priester gemacht hat, wage ich gar nicht zu erzählen. Aber glaub mir Adam, du kannst wirklich froh sein, dass du hier in diesem netten Dorf lebst. Da passieren solch schreckliche Sachen nicht!"

Sie kamen gerade am Rathaus vorbei. Das Fenster neben dem Eingang war offen und gewährte den Einblick in einen großen Raum, in dem ganz nah am Fenster an einem Schreibtisch der Bürgermeister saß oder vielmehr weit im Stuhl zurückgelehnt mehr lag als saß und in Gedanken versunken zur Decke blickte.

Er war ein älterer Mann mit schon etwas ergrauten spärlichen Haaren, sein noch sehr straffes von einer runden

Hornbrille geprägtes Gesicht gab ihm den Ausdruck von Intelligenz und spitzfindiger Schläue.

Im Dorf galt er wohl aufgrund seines Gelehrtenaussehens, aber auch weil er sich in seinem Benehmen und Aussprache von den anderen Bürgern unterschied, als ein kluger und gewissenhafter Mann. Er genoss großes Vertrauen unter den Dorfbewohnern, schon seit vielen Jahren bekleidete er das verantwortungsvolle Amt des Bürgermeisters. So schaltete und waltete er mit den dem Dorf zugeteilten Geldmitteln nach Belieben, natürlich ganz zum Wohle der Gemeinschaft, das glaubten auf jeden Fall die guten Bürger.

Als er der an seinem Fenster Vorbeigehenden gewahr wurde, beugte er sich eilig nach vorne und kritzelte, als wäre er in reger Schreibarbeit vertieft mit einem Stift auf einen Stapel Blätter. Dann wie von einem Geräusch aufgeschreckt blickte er zum Fenster.

Adam und Irmgrid warfen ehrfürchtige Blicke ins Innere des Raumes und sagten so höflich sie es vermochten: „Guten Tag Herr Bürgermeister".

„Guten Tag, liebe Mitbürger", erwiderte der kleine Mann hinter dem großem Schreibtisch, müde hatte er geklungen, schon hatte er sich wieder über seine Papiere gebeugt, als wäre er von seiner Arbeit ganz und gar in Anspruch genommen. Schnell, um den wie es schien so beschäftigten Bürgermeister nicht weiter zu stören, gingen Adam und die Magd am Fenster vorbei.

Die Metzgerei war nun nur noch zwei Häuser entfernt, das Schwein trennten nur noch ein dutzend Schritte vom Messer der Metzgers.

Es war aber nicht das Tier, das seinen Schritt verlangsamte, ja merkwürdigerweise schien es dem Metzger gerade nur so entgegenzulaufen, vielleicht von des Metzgers üppigem Garten angelockt, es war Adam, der immer kleinere und zögernde Schritte tat. Schließlich blieb er ganz stehen, drehte den Rücken zur Metzgerei, die Arme in die Hüften gestemmt stand er da, man konnte ihm ansehen, dass er die letzten Meter zum Metzger keinesfalls zu gehen gedachte. Irmgrids Versuche, ihn durch gutes Zureden zum Weitergehen zu bewegen, blieben erfolglos.

Da ließ die Magd Adam kurzerhand stehen und begann, um die Sache endlich zu einem Ende zu führen, das Tier alleine den kurzen Rest des Weges zum Metzger zu treiben. Doch Adam lief eilig hinter ihr her, entriss ihr den Stock voll Empörung über ihren Verrat, und ließ ihn peitschend durch die Luft sausen, sodass ein fauchender Laut zu hören war.

„Das ist mein Schwein!" rief er mit schriller Stimme, den Stock hielt er in Brusthöhe erhoben, als wäre es eine Waffe, mit der er sich zu verteidigen gedenke.

Wie ein Ritter vor einer schönen Jungfer stellte sich der junge Bauer vor die Sau. Mit blitzenden Augen schaute er Irmgrid kampfeslustig an, die über sein wunderliches Benehmen nur spöttisch lächeln konnte.

„Nun dann", sagte sie gelassen, und zuckte gleichgültig mit den Schultern. „Dann gehen wir halt wieder zurück". Und das taten sie dann auch, vorneweg die Magd, die wohl der ganzen Angelegenheit etwas überdrüssig geworden war und schnellstens nach Hause kommen wollte, hinter ihr trotteten Adam und das Schwein – beide gesenkten Hauptes – Adam, weil er den Zorn des Vaters fürchtete, das Tier, um mit der Nase nach Essbarem zu suchen.

Plötzlich aber schaute Adam auf, ein selbstzufriedenes Lächeln breitete sich auf seinem Gesicht aus, ganz so, als wäre ihm ein rettender Einfall gekommen. Zuhause angekommen, versteckte der Bauernsohn die Sau hinter dem Stall. Da er der Magd kurz vor ihrer Ankunft größte Verschwiegenheit in dieser Sache abgefordert hatte, konnte er damit rechnen, dass sein eigensinniges Verhalten dem Vater vorerst nicht bekannt werden würde. Den Rest des Tages gab er sich übertrieben gut gelaunt, sodass alle dachten seine baldige Hochzeit wäre der Grund für seinen Frohsinn.

Am nächsten Morgen auf dem Bauernhof, noch in aller Früh, alles schlief noch – nur der Hahn im Hühnerstall krähte lauthals – und noch jemand war schon auf den Beinen, es war Adam, der gerade eben mit seinem Traktor aus dem Hof gefahren war.

Hinten auf dem Traktor in einer hölzernen Kiste zwängte sich die Sau, für deren Errettung Adam sich zur Flucht entschlossen hatte. Mit Vollgas knatterte er die Hauptstraße entlang, dass manch schlafender Bürger jäh erwachte, doch bevor ein neugieriges Auge ihn hätte erspähen können, war der Flüchtende schon aus dem Dorf heraus. In schnellem Tempo ging es auf der Landstraße dem dichten Wald entgegen.

Adam befand sich in einer Stimmung höchster Spannung und Aufregung, er fühlte sich wie ein Entdeckungsreisender am Anfang einer großen ihn ins völlig Unbekannte führende Reise. Seine traute Heimat hinter sich lassend fuhr er voll zittriger Vorfreude der Fremde entgegen. Das, was Irmgrid, die Magd, ihm gestern von der Welt hinter den großen Wäldern erzählt hatte, hatte ihn nicht abgeschreckt, sondern ganz im Gegenteil angelockt, ja regelrecht zu dieser Flucht verführt.

Bald schloss sich der dichte Wald um ihn herum, doch er hatte nichts Furchteinflößendes an sich, durch seine belaubten Blätter fielen die ersten Strahlen der aufgehenden Sonne, der Gesang vieler Vögel durchdrang die Luft.

Mit einem Mal, die Straße hatte gerade eine weite Kurve beschrieben, sah Adam vor sich am Straßenrand einen Mann gehen, der beim Geräusch des sich nähernden Traktors seinen Schritt beschleunigte und sich dauernd ängstlich über die Schulter schaute. Adam hatte ihn bald eingeholt, wie groß war sein Erstaunen als er erkannte, dass niemand anderes als der Bürgermeister der eilige Wanderer war.

Er trug einen kleinen, aber prallgefüllten Rucksack auf dem Rücken, einen Spazierstock in der einen Hand, mit weit ausholenden Schritten ging er zügig daher. Das unerwartete Auftauchen Adams schien ihm gar nicht zu gefallen. Die Augen abweisend vor sich zu Boden gerichtet, leise vor sich hinfluchend, schaute er auch nicht auf, als Adam nun ganz nah neben ihm herfuhr.

„Herr Bürgermeister... Sie... hier", stotterte Adam in größter Verwunderung. „Wohin sind Sie denn unterwegs?"

„Diese Frage, mein guter Mitbürger, darf ich Ihnen wohl auch stellen", antwortete der Gefragte spitz, ohne Adam eines Blickes zu würdigen. „Wohin in aller Welt sind Sie denn unterwegs? Eine Hochzeit ohne Bräutigam lässt sich wohl schwerlich durchführen."

Ein lautes Grunzen erklang vom Traktor herab.

„Fahren Sie etwa ein Schwein spazieren?!"

Adam erzählte offenherzig, dass er sich auf der Flucht befand, und dass sein Ziel die große Welt außerhalb dieses Waldes sei. Im Laufe dieser Erzählung verschwand der unfreundliche, feindliche Ausdruck aus des Bürgermeisters Gesicht und machte einem verschmitzen Grinsen Platz.

„Aha, auf der Flucht sind Sie also, lieber Mitbürger, nun dann haben Sie doch die Güte mich mitzunehmen, und ersparen mir dadurch, dass ich meine armen Füße

wund laufe. Es sieht nämlich ganz so aus, als hätten wir
das gleiche Ziel vor Augen."

„Das gleiche Ziel?" Adam verstand nicht so recht.

„Sind Sie denn auch auf der Flucht, Herr Bürgermeister?"

„Nun ja", sagte der Bürgermeister Adam lustig zu-
zwinkernd, „sagen wir, ich bin das eintönige Dorfleben
leid, mir sind all die in Wörlingen lebenden Dorftrottel
zuwider geworden. So wie Sie, lieber Mitbürger, suche
ich neue Herausforderungen. Darf ich mich also zu Ihnen
setzen?"

„Aber gerne."

Der kleine Mann schwang sich mit einem behänden Satz
neben Adam auf den Traktor. Sowohl ihm als auch Adam
entging es, dass bei dieser plötzlichen Bewegung aus
seinem Rucksack ein Geldschein herausflatterte, durch
die Luft schwebte und hinter dem nun davon preschen-
dem Traktor auf der Straße liegen blieb.

Dorfpolizist van Staffenhausen lehnte sich, die fleischi-
gen Unterarme auf die Fensterbank gestützt, aus dem
geöffneten Fenster seines Schlafzimmers. Es war ein
frischer Morgen, die Luft kühl und rein, der Himmel von
blassem Blau. Voll Bewunderung schaute der morgendliche Betrachter zum Horizont, an dem die Sonne über
bewaldeten Hügeln, umhüllt von Streifen kraftvollen
Gelbs und hellen Rots, in lichter farbenprächtiger Schönheit aufging. Dorfpolizist van Staffenhausen gähnte aus-
giebig, streckte und reckte die kurzen Arme, sodass die
Ärmel seines schneeweißen, seidigen Nachthemdes bis
auf die Schultern zurückfielen, wendete sich vom Fenster
weg, ging zu seinem Bett und entnahm aus einem daneben
stehenden Nachtschränkchen eine Brille und ein Stückchen Stoff.

Sich auf den Bettrand setzend, machte er sich mit wonnigem Eifer daran, die kleinen runden Gläser gründlich mit dem Tüchlein zu putzen. Ab und zu hielt er sich die Brille vor die schmalen, von schweren Lidern etwas verengt erscheinenden Augen, prüfte also die Sauberkeit der Gläser, rieb wiederholt mit dem Tuch drüber hinweg, bis er endlich an der Durchsichtigkeit der Brille nichts mehr auszusetzen hatte und sie sich vorsichtig auf die hohe und sehr spitze Nase setzte.

Dann erhob er sich und trat erneut zum Fenster, dessen Vorhänge sich schwach im morgendlichen Wind aufbauschten. Im Garten unter dem Fenster hatte sich eine Schar Spatzen in einem dicht belaubten Busch niedergelassen, aus vollen Kehlen fröhlich zwitschernd, behände von Zweig zu Zweig hüpfend, bejubelten sie den neuen Tag.

Eilige Schritte und wildes Stimmengewirr, das von der anderen, der Straße zugewandten Seite des Hauses herkam, ließen die flinken Vögel, wie von einem kraftvollen Windstoß ergriffen, jäh aus dem Busch in die hohen Lüfte auf und davon fliegen.

Dorfpolizist van Staffenhausen, der bei diesen unerwarteten Geräuschen erstaunt die Augenbrauen in die Höhe gezogen hatte, die Unterlippe hervorgepresst, den Kopf lauschend ein wenig zur Seite geneigt, so stand er still da, wurde bald darauf von ungestümem Klopfen an seiner Haustür in den ersten Stock seines Hauses herunterbefohlen.

Vor seiner Haustür stand eine aufgebrachte Bürgerschar, die dem Dorfpolizisten, kaum hatte er ihnen aufgesperrt, voller Aufregung mitteilten, dass Adam, der Bauernsohn, spurlos verschwunden war.

Wo in aller Welt war Adam?

Als er sich auch bis zum Mittag nirgends blicken ließ, machten sich der Dorfpolizist van Staffenhausen, Vater Adam und ein gutes Dutzend anderer auf die Suche nach dem Verschollenen. Erst einmal gedachte man, den Bürgermeister um Rat zu fragen.

Wie groß war das Erstaunen der Männer, als sie das Rathaus verlassen vorfanden, es sich herausstellte, dass auch der Bürgermeister verschwunden war, wie vom Erdboden verschluckt.

Eine gründliche Suche wurde nun in Gang gesetzt. Doch weder Adam noch den Bürgermeister fand man, trotz stundenlangem, das ganze Dorf durchstöbernden Suchens. Man machte aber allerlei andere interessante, gar außergewöhnliche Entdeckungen.

Im Keller des Gasthofes fand man einige Männer, die völlig besoffen zwischen den Bierfässern lagen, die ganze Nacht hatten sie, so wurde vermutet, hier ein großes Gelage gehabt.

Der Wirt gab daraufhin zu, dass dies ab und zu vorkam.

Im Rathaus fehlte die Dorfkasse, in der die dem Dorfe zugeteilten Geldmittel aufbewahrt worden waren.

Anhand in einer verschlossen Schublade aufbewahrter Dokumente wurde ersichtlich, dass der so verehrte Bürgermeister eine Menge Geld im Laufe der Jahre unterschlagen hatte. Es war ein großer Skandal!

Doch die Entdeckung, die am meisten schockierte, wurde auf dem Bauernhof gemacht. Dort auf dem Heuboden fand man den Priester, nun ja was machte der Priester dort, ich wage es kaum zu sagen, also gut, man fand ihn dort in den Armen Irmgrids, der Magd.

Noch am selben Tag wurde die biblische Wandmalerei über dem Eingang des Rathauses sorgfältig übermalt.

Adam der Bauernsohn kehrte, noch bevor ein ganzer Monat verstrichen war, in die Heimat zurück.

Er hatte sich in den großen Städten genauso fremd und unpassend gefühlt, wie sein Schwein, das vergnügt grunzte, als man es in den vertrauten Stall sperrte.

Wie es dem Bürgermeister ergangen ist, weiß bis zum heutigen Tag niemand in Wörlingen zu sagen.

Doch es ist anzunehmen, dass er mit einem Rucksack voller Geld den Rest seines Lebens sorglos und unbeschwert dahinlebte.

Der alte Halunke.

Elke Link

Hertas größter Wunsch

Hertas größter Wunsch, einmal wieder - wie früher - Weihnachtsgeschenke kaufen zu können, sollte auch dieses Jahr nur ein Traum bleiben.

Geschenke aussuchen, Geschenke verpacken, Geschenke verschenken... Schenken - anderen eine Freude machen, in glückliche, dankbare Augen schauen...

Wie oft schon hatte Herta von einer großen Familie geträumt, von Kindern, Enkelkindern, die sie besuchten, die mit ihr Weihnachten feiern wollten.

Eine Holzeisenbahn, eine Puppe mit Schlafaugen, eine kleine Trommel, einen Schlitten würde sie gerne verschenken. Eine Menge Plätzchen wären zu backen, ein paar gute Flaschen Wein, eine Weihnachtsgans wären zu besorgen ...

Es war ein trauriges Jahr, das vergangene.

„Du darfst mich doch nicht auf dieser buckeligen Welt alleine lassen", so flehte Herta ihren langjährigen Begleiter Gabriel Wundersam an, als dieser schon im Frühjahr, als endlich dieser lange strenge Winter vorüber war, und die Vögel seit Tagen wieder zu zwitschern begannen, nach einer kurzen schlimmen Lungenentzündung, verstarb.

Herta streichelte seinen leblosen Kopf wie einen Schatz, den sie zwar berühren, aber nicht beschädigen wollte. Er hatte damals, als er so still da lag, ein zufriedenes Lächeln auf seinen Lippen und Herta fühlte plötzlich eine Trostlosigkeit, mit der sie nicht umgehen konnte.

Seit Gabriels Tod gab es wenig, worüber sie sich freuen konnte. Die fröhlichen Zeiten, in denen sie sich an Gabriel anlehnen konnte, waren Vergangenheit. Sie vermisste die wunderbaren Gespräche mit ihm, sein Verständnis für alle ihre Sorgen, seine weisen Ratschläge. Er war ein Leben lang ein guter Freund. Ihr bester Freund.

Und nun hatte sie keinen einzigen Menschen mehr auf dieser Welt. Kinder hatte sie keine und alle anderen Verwandten waren längst gestorben.

Einen Ehemann zu bekommen - diesen Wunsch hatte sie schon vor langen Jahren aufgegeben. Vielleicht war er ihr irgendwann einmal begegnet und sie hatte ihn nicht als den Richtigen erkannt.

In der Vorweihnachtszeit saß Herta oft am Fenster ihrer winzigen Ein-Zimmer-Wohnung und schaute nach draussen auf die verschneite Straße. Von hier aus beobachtete sie die vielen Leute, die hektisch ihre Autos auf dem grossen Parkplatz parkten, um dann schnell in das gegenüberliegende Einkaufszentrum zu stürzen.

Kinder quengelten, weil sie müde wurden, und selbst der große aufgeblasene Plastik-Weihnachtsmann interessierte sie schon lange nicht mehr. Ganz links hinten wurden Weihnachtsbäume verkauft. 7,99 Euro das Stück. 7,99 Euro - was könnte sich Herta dafür alles kaufen. Brot, ein paar Eier, mal wieder ein paar neue Perlon-Kniestrümpfe, die billigen zu 1,49 Euro für 5 Stück. Nein - einen Weihnachtsbaum konnte sich Herta aus dem Kopf schlagen.

Herta hatte ein paar Tannenzweige in eine Vase gestellt und ein paar Strohsterne daran gehängt. Eine dicke, rote Kerze stand auf dem alten Kerzenständer, den Herta Jahr für Jahr aus der Schublade hervorholte. Jedes Jahr zu Weihnachten brannte die alte Kerze etwas mehr ab.

Es war kalt heute, es zog ziemlich durch das undichte Fenster. Der Vermieter wollte kein Geld mehr in das Haus stecken und so blieb Herta nichts anderes übrig, als sich den dicken schweren Schal, den sie sich vor einigen Jahren gestrickt hatte, umzuhängen.

Plötzlich legte sie die warme Wolldecke, die sie sich um die Beine geschlagen hatte, beiseite, erhob sich aus ihrem alten Sessel, nahm ihren Mantel vom Haken, zog ihn an, griff in die Tasche, um die Handschuhe herauszunehmen und hielt plötzlich eine Ein-Euro-Münze in der Hand.

Sie schaute den Euro an, als sei er etwas Besonderes.

Ein Lächeln glitt über ihr Gesicht.

Schnell lief sie die Treppe hinunter, überquerte die Straße, zwängte sich mit den vielen Einkaufenden durch die sich ständig automatisch drehende Glastüre hinein ins Kaufhaus.

Die Münze hielt sie immer noch fest in der Hand, als sei sie die Fahrkarte ins Schlaraffenland.

„Klick" machte es, als der Euro in der Plastikvorrichtung des Einkaufswagens verschwand und ihn für Herta freigab.

Herta schob nun „ihren Wagen" vor sich her und betrat ihre Traumwelt. Hier gab es Holzeisenbahnen in allen Größen, in verschiedenen Farben, gelackte und lasierte, moderne und auch altmodische, mit großen Rädern und mit kleinen. Herta konnte sich kaum entscheiden, welche sie sich in Weihnachtspapier einpacken lassen sollte.

Hertas Herz schlug ihr bis zum Hals, als sie die vielen Puppen sah. Sie nahm jede einzelne in ihre Hand, bewegte ihre Arme und Beine, strich ihnen über die Haare, bewunderte die schönen Kleider und konnte sich nicht entscheiden, welche von zweien sie nehmen sollte, so dass sie beide in ihren Einkaufswagen packte.

Warme Pantoffeln könnte Gabriel gebrauchen.

Wie oft hatte er sich solche gewünscht und immer wieder verzichten müssen.

„Welche Größe hatte er noch?"

Herta konnte sich nicht mehr erinnern. So stapelte sie von allen möglichen Größen ein Paar in ihren Geschenkekorb.

Ein kuscheliges rosa Nachthemd mit Spitzenrüschen. Davon hatte Herta jahrelang geträumt. Jetzt lag es vor ihr. Wie gut würde es ihr wohl stehen. Auch diesen Wunsch erfüllte sie sich.

Hertas Wunschzettel war schier unendlich. Ihr Wagen war schon so hoch vollgeladen, dass kaum noch etwas reinpasste. Einige Male purzelten kleinere Geschenke hinunter und Herta bemühte sich, jedes, aber auch wirklich jedes Teil aufzuheben und mitzunehmen.

Etwas neidisch blickten ein paar Leute ihr nach, einige lächelten, weil sie erkannten, wie sehr sich diese alte Frau freute, Geschenke einkaufen zu können. Man sah es ihr an, dass sie lange nicht mehr so glücklich war.

Der Lautsprecher riss sie aus ihrem Traum. „Liebe Kunden! Unser Geschäft schließt in 5 Minuten. Wir bitten Sie, die Kassen aufzusuchen!"

„Herta, Du musst wach werden", hörte sie Gabriel rufen. Die alte Frau reckte ihren Kopf und blickte in die Richtung, in der sie Gabriel vermutete. Da sah sie ihn, wie er ihr zuwinkte.

„Komm Herta, es ist Zeit, wir müssen nach Hause. Lass doch den Wagen dort stehen, Du hast ja jetzt alle Deine vielen Geschenke eingeladen, abholen werden wir ihn später mal."

Und er nahm Herta bei der Hand, die lange nicht mehr so glücklich dreinblickte wie heute.

Liebe Leser,

wir wünschen Ihnen und auch uns, dass Ihnen die Kurzgeschichten in diesem Buch ein paar schöne Stunden
geschenkt haben und Ihnen auch die bunte Mischung
aus den unterschiedlichsten Erzählungen gefallen hat!
Wir haben uns bemüht, für jeden Geschmack etwas anzu-
bieten.

Informieren Sie sich von Zeit zu Zeit auf unserer Homepage über unsere aktuellen Buchprojekte und was es sonst
noch Neues und Interessantes gibt.
Wir haben für die Zukunft noch viel vor und wollen auch
mit so manchen Ideen und Überraschungen aufwarten.
Gerne freuen wir uns auch auf IHRE Anregungen, Wünsche und selbstverständlich auch Kritik!

IHR NOEL-VERLAG

Auf den folgenden Seiten werden unsere Autoren Ihnen
noch ein wenig über sich selbst erzählen...

Ulf Dittmann

Der in Düsseldorf aufgewachsene Autor sucht als selbstständiger Unternehmensberater im Schreiben Entspannung.

Seinem literarischen Idol Nikos Kazantzakis folgend, geriet er auf Kreta in den Sog der Mythologie und Vergangenheitsforschung. Dies und sein Studium der indischen Philosophie findet Niederschlag in seinen Publikationen.

Bücher:
Loch im Labyrinth... Licht auf der Vergangenheit...;
eine Entzifferung des Diskus von Phaistos vom Autoren-team Fritz Will Kuroso und Ulf Dittmann, 138 S, BOD-Verlag 2001

In Korrektur: Je dichter das Gras... ein historischer Rom-an über das Leben des Westgotenkönigs Alarich.

Begonnen: Die Sivaner... ein Roman über das Verhindern einer unsagbaren Erkenntnis

Begonnen: Entscheidend is' beim Kunden... überdurchschnittliche Vertriebserfolge durch gezielte Persönlichkeitsarbeit

Anja Posner

Sie wurde 1966 in Berlin geboren, lebt und arbeitet auch heute in ihrer Heimatstadt.

Sie ist eine leidenschaftliche Liebhaberin ihres Lebens, seiner Wechselfälle und der Menschen, die ihr nahe stehen. Sie isst gern, raucht, trinkt und lacht gern. Sie verbringt gern viel Zeit mit ihrer Familie und in ihren Joggingschuhen. Und sie liebt das Schreiben.
Sie hat schon immer Geschichten erfunden und seit sie schreiben kann, schreibt sie diese auch auf.
Eine Zeitlang hat sie sich in Lyrik versucht und der obligatorische unveröffentlichte Roman liegt in ihrer Schublade. Ihre diesbezügliche Enttäuschung hat sie nach diversen Absagen Ende der Neunziger überwunden.

Seit etwa fünf Jahren schreibt sie kurze Geschichten und ist immer wieder überrascht, wie weniger Worte es bedarf, Menschen emotional zu erreichen bzw. Figuren zu erschaffen, bei denen sie nicht selten gefragt wird - sie sich manchmal auch selbst fragt, was wohl aus ihnen geworden sein mag.
Bisher wurden einige ihrer Geschichten in diversen Monatsausgaben von „Kurzgeschichten" veröffentlicht, eine davon in der Anthologie „Tastengeflüster" desselben Verlages.

Sie findet: Wer die Menschen nach ihren Äußerlichkeiten bewertet, wird möglicherweise das Beste verpassen.

Heidrun-Auro Brenjo

Jahrgang 1963 - *Comedy*
Mit dem selbst geschriebenen und inszenierten Satire-Stück „Wie furzt eine Dame?" reißt die Protagonistin als Comedy-Star ihre Zuschauer von den Bänken, obwohl sie zum ersten Mal selbst eine Bühne betritt - denn eigentlich gehört sie zu den Kreativen „hinter" den Kulissen.

Schriftstellerin
Sie schreibt mal eben ein Drehbuch, ist Poetin und Geschichtenschreiberin. Sie ist einfach immer für eine Überraschung gut und man weiß nie, was sie sich heute wieder ausgedacht hat, d.h. ob sie sich eventuell aus der Hektik des Alltages zurückzieht, um neue Kindergeschichten zu schreiben oder vielleicht eher eine neue Idee hat für eine Parabel?

Lyrikerin
Also, eines ist sicher: sie ist leidenschaftliche Sammlerin von Worten, aber nicht irgendwelche, sondern milieugeprägte und linguistisch überlieferte, die sie im Widerspruch knebelt, um aphoristische, spartanische Wirkung zu erzeugen. Zitat: „Ich will die abgelatschten Vokabeln retten und mein Gehirn mit den daraus entstehenden poetischen Symphonien füllen, um sie nicht wie einen hohlen Drachen steigen lassen zu müssen..."

Sängerin
Oder vielleicht liebt sie ja doch mehr das Schreiben von Songs und die Umsetzung, sprich: Singen?!
Bei ihr kann man nie so genau wissen.

Da fragt man sich doch ernsthaft, wann sie noch Zeit hat zu fotografieren?

Doch das, sagt sie, entstünde bei Exkursionen z.B. durch den Wald, wenn sie auf Spurensuche ist…

…denn, so sagt sie: „Zwischendurch muss ich immer wissen, wie eine Wiese riecht!"

Besuchen Sie sie: www.brenjo.de

Volker Krauleidis

Er wurde in Rheinland Pfalz geboren.
Er war früher in zahlreichen, wechselnden Jobs tätig (Schichtarbeiter, Packer, Schlachthof etc.). Später holte er die Schulabschlüsse nach und hat nach dem Abitur das Recht studiert.

Die Jugend verbrachte er ebenfalls in Rheinland Pfalz , das Abitur absolvierte er in Frankfurt, das Studium in Berlin. Nun ist er in Berlin für eine Kanzlei auf dem Gebiet des Sozial-, Arbeits- und Mietrechts tätig.

Schreibversuche hat es schon in seiner Jugend gegeben, das ernsthafte Schreiben begann mit dem 35. Lebensjahr. Er hat unzählige Male Irland bereist, dort auch schon länger gelebt.
Ab 2007 wird er wieder länger in Irland sein, diesmal im Rahmen einer Tätigkeit für eine Wohlfahrtsorganisation.

Veröffentlichungen liegen vor in:
Kurzgeschichten 02/2006, 04/2006 und 06/2006.

Bertl Bähr

Bertl Bähr wurde 1927 in Freiburg im Breisgau geboren und verbrachte dort 17. Jahre ihres Lebens.

Beruflich war sie Kontoristin und hat acht Kinder, die ALLE studiert haben!

Nun sind die „Kinder" in alle Winde verstreut - eines lebt sogar in Brasilien.

Der Ehemann verstarb vor sechs Jahren, doch bis zu seinem siebzigsten Lebensjahr hatte er gearbeitet, um die Studien seiner Kinder zu ermöglichen!

Bertl Bähr besitzt einen Humor, der nicht kleinzukriegen ist und nennt sich „glücklich und zufrieden".

Sie hat viele ehrenamtliche Tätigkeiten bekleidet, in Eltern-Beiräten und Arbeit mit Senioren.

Sie schreibt derzeit über ihr eigenes Leben - das Schreiben ist ihr größtes Hobby.

Was sie schreibt, sind persönliche Erlebnisse und Erlebnisse mit ihren Kindern.

Matthias Schwendemann

Er wurde 1987 in Lahr geboren, doch bald darauf folgte ein Umzug in die wunderbare Metropole im Süden - Freiburg im Breisgau, der er bis heute treu geblieben ist. Derzeit ist er Schüler in der 13. Klasse am Friedrichgymnasium in Freiburg.

Durch einen wunderbaren Zufall ist vor einigen Jahren jemand in sein Leben getreten, der ihn zum Schreiben geführt hat. Für ihn schrieb er seine erste Kurzgeschichte, der einige folgen sollten.
Seitdem hat er viel gelesen und ein wenig geschrieben über die Liebe, über die Einsamkeit, über die Traurigkeit, über aufkeimende Hoffnung, über Irrfahrten und Staus auf der Autobahn.

Er ist für Übertreibung. Er ist für Untertreibung.
Im Moment sitzt er über einigen kurzen Geschichten, die ihrer Vollendung entgegenstreben.

Margarete Teusch

Sie ist ein Bücherwurm!!
Margarete Teusch arbeitet täglich 8 Stunden in einem
Verlag und liest fremder Leute „Geschriebenes".
Abends – zuhause liest sie DAS, was SIE will.
Und das viel zu gerne!!!

Aber nicht nur Lesen ist ihr Hobby, sondern auch das
Schreiben. Allerdings meint sie, es würden ihr eher
Gedichte gelingen, als Romane oder Kurzgeschichten.

Sie ist zurzeit damit beschäftigt, einen kleinen Gedichte-
band zu erstellen. Ob ihr das gelingt? Abwarten…

LiLa

Rheinische Frohnatur - wohnhaft im schönen Oberbayern
- „gstand'nes Frauenzimmer" in der so genannten „2.
Lebenshälfte" (Herrgott... wie alt wollen die Leute denn
werden?) - noch mit vielen Plänen, Wünschen und Flau-
sen im Kopf.
LiLa - unter diesem Namen möchte sie einige ihrer
Geschichten, Gedichte und Gedanken, die im Laufe von
turbulenten Lebensphasen der letzten Jahre entstanden
sind, vorstellen.
Vielleicht fühlt sich der ein oder andere ja ein wenig
„berührt"... vieles davon ist selbst erlebt, selbst erspürt,
verspürt...

Sie hat zwei erwachsene Töchter, ist eine Li-La-leiden-
schaftliche Frau, Lebensgefährtin, Motorradfahrerin,
Schreiberin - Mensch"in" mit vielen Schubladen, deren
Inhalt sie selbst noch nicht bis in alle Ecken kennt...

Ein Buch in Planung - evtl. Jahresanfang 2007 mit Gedanken
und Gedichten „Aus meinem geheimen Zimmer" - natürlich
über den NOEL-VERLAG.

Boris Budisa

Der 1983 geborene Illustrator lebt derzeit in Wien und liebt es, seinem Alltag in fremde und unentdeckte Fantasiewelten zu entfliehen.
Seit Anfang 2006 arbeitet er als freischaffender Buchillustrator für ein internationales Publikum, welches er mit seinem eigenen Fantasie-Stil zu verführen versucht.

Dort wo es Worte nicht schaffen, seine Fantasie zu beschreiben, setzt er sein Talent zum Zeichnen ein.
Seine eigene Fantasie spiegelt sich in jedem einzelnen Bild wieder, welches er mit größter Leidenschaft und Sorgfalt erschafft.

Besuchen Sie ihn: http://www.boki-b.com/

Hilde Bongard

Hilde Bongard ist ein „Ostpreußisches Urgestein" aus dem Jahrgang 1927.
In den Kriegswirren nach der Flucht über Lübeck ist sie im Rheinland gelandet.
Sie hat vier erwachsenen Kindern und sieben Enkelkinder, die sie heiß und innig lieben.
Sie schreibt leider nicht so häufig – doch hätte sie sooo viel zu erzählen!
Sie hat sich bis jetzt - ins hohe Alter - trotz vieler Erlebnisse und Nackenschläge ihren ostpreußischen Humor und das Feuer in ihren Augen und im Herzen erhalten!

Die Veröffentlichung des kleinen Briefes an ihre Enkelkinder ist eine vorweihnachtliche Überraschung und ein Gruß an eine liebe Mutter und Großmutter...

Sie wurde in Stettin geboren und erlebte den Krieg in seine ganzen Härte mit Bombenangriffen und Evakuierung ins hinterste Hinterpommern.
Im Januar 1945 floh sie allein auf der nach Stettin.
1948 begann sie in Schwerin/Meckl. am Staatlichen Konservatorium ein umfassendes Musikstudium und bekam ein Examen als Solo-Sängerin.

In der Adventszeit 1960 floh sie nach West-Berlin und hat seit 1963 ein Engagement an einem großen Opernhaus.
Die ersten Schreibversuche absolvierte sie während des Krieges. Zu alten Postkarten erdachte sie Geschichten und machte für ihre 2- und 3jährigen Großcousinen ein Kinderbuch daraus...

Micheline Holweck

Sie ist 1968 in Südafrika geboren, aufgewachsen in der Schweiz, lebt mit ihren zwei Kindern auf Sizilien.

Micheline Holweck ist als Tour-Operatorin und Buchhalterin tätig.
Abgesehen davon, dass sie eine Leseratte ist, braucht sie das Schreiben, um Energie zu schöpfen und den rationalen Alltag mit Fantasie, Farben und Ironie interessanter zu gestalten.

Sie schreibt eine wöchentliche Kolumne unter :
www.sinn-bar.net, Rubrik Wide World, Sizilien.

Veröffentlichte Kurzgeschichte:
„Immer wieder Weihnachten"

Wettbewerbs-Anthologie: Süßer die Glocken nie klingen...
ISBN 3-86516-562-1, erschienen 12/2005
Verlag: Mein Buch oHG

Patricia-Maria Baltes

Patricia-Maria Baltes wurde am 12. Februar 1989 in Oberhausen geboren. Sie lebt mit ihrem Lebenspartner und ihrem kleinen Sohn, der im Juli 2006 zur Welt kam, in Mehrhoog.

Sie ist die Älteste von drei Kindern. In ihrer Freizeit beschäftigt sie sich gerne mit Lesen, Zeichnen oder Schreiben.
Schon seit einiger Zeit schreibt sie gelegentlich Kurzgeschichten und Gedichte. Dabei kann sie sich entspannen und die Gedanken schweifen lassen...

Kari Hennig

Er kam am 5.6.1976 in Forchheim/Oberfranken auf die Welt und ist derzeit als freiberuflicher Kameraassistent im Raum Nürnberg tätig.
Nebenbei schreibt er Drehbücher und Kurzgeschichten, wie sie ihm in den verrückten Sinn kommen.
Die letzten Jahre hat er sich in der Schreiberei fortgebildet: Drehbuchschule, Schreibkurse etc.
Derzeit nimmt er an einem Fernstudium Belletristik teil.

Einige seiner Kurzfilm-Drehbücher wurden bereits umgesetzt; ein paar Geschichten im Kleinen veröffentlicht.
Zurzeit wandelt er ein Drehbuch in Romanform um; eine TV Produktion hat Interesse an der Umsetzung eines Thriller-Stoffs gezeigt.
Er ist selbst mal gespannt, ob und wie es damit weitergehen wird...

Uwe Neugebauer

Er wurde 1965 in Sonneberg/Thüringen geboren und seither dort geblieben. Privat ist er Single. Als Ausgleich treibt er auf den Waldwegen unterhalb des Rennsteiges Sport oder vertieft sich geistig in unbekannte Sphäre, wie das beim Schachspiel möglich ist.

Er mag gute Satire, wie den derben Witz von Harald Schmidt oder die feinsinnigen Beobachtungen Dieter Nuhrs sowie das Spitzzüngige eines Dieter Hildebrandt. Natürlich liest er - wenn es geht - viel. Und noch immer kann er es nicht lassen, die klassischen Autoren den modernen vorzuziehen. Wie beispielsweise Hemingway, Böll, Simmel, Kästner oder F. S. Fitzgeralds.

Beruflich ist er im Bauhandwerk angesiedelt. Aber es lag für ihn schon immer nahe, eines Tages auch ein selbstständiges, seinem Beobachtungsdrang und der Fantasie entgegenkommendes Handwerk zu betreiben.
Zudem müsste jenes Handwerk auch seine Abenteuerlust befriedigen und durfte nicht so schmutzig, schweißtreibend oder manchmal dumm sein.

Daher begann er vor etwa vier Jahren aus einem ihm unverständlichen Drang heraus mit dem Schreiben.
Ein dreijähriges Fernstudium an der Hamburger Schule des Schreibens hat er in dieser Zeit absolviert sowie einige Kurzgeschichten für die Schublade als auch für Zeitschriften oder Wettbewerbe (teils erfolgreich) verfasst.

„Das sanfte Fallbeil", Zeitschrift Kurzgeschichten; 06/2004 ISSB 1613-432x - „Der Kartentrick" Zeitschrift Kurzgeschichten; 07/2004 ISSN 1613-432x
„Meine erwachsenen Jahre" bei www.keinverlag.de; Literaturwettbewerb 2004, Thema Zukunftstexte / 2. Platz

Tarek Spreemann

Er wurde am 31.12.1977 in Deutschland geboren – aufgewachsen ist er in Deutschland und Norwegen.
Von 1997 bis Sommer 2006 wohnte Tarek Spreemann in Oslo, Norwegen. Sport und Deutsch studierte er an einer Hochschule in Oslo. Seit Oktober 2006 ist er Sportstudent an der Universität in Greifswald.
Zu seinen Hobbys zählen Sport und Literatur.

Veröffentlichung von zwei Kurzgeschichten in Anthologien. 3. Preis in der Altersgruppe 18 bis 27 Jahre, in einem vom „Birkchen" Verlag im Sommer 2004 arrangierten Schreibwettbewerb für Kinder und Jugendliche.

Er hat eine Kurzgeschichten-Sammlung, Hörspiele und 2 Romane geschrieben.
Zur Zeit schreibt er hauptsächlich Unterhaltungsliteratur; da Menschen nun mal lachen wollen!

Humor verbindet und erleichtert...

Elke Link

Elke Link ist seit 38 Jahren sehr glücklich – mit einem und demselben Mann – verheiratet.

Sie haben 3 erwachsene Söhne, 2 kleine Westhighland-Fox-Terrier, 1 Katze und 2 verfressene Wasserschildkröten.

Sie wohnen in einer der schönsten Gegenden Deutschlands, nämlich in Oberbayern, südlich des Starnberger Sees, am Fuße der Berge inmitten vieler saftiger Wiesen, auf denen im Sommer ganz viele liebe muhende Kühe stehen. Und im Winter…da gibt es ganz viel Schnee, immer dann, wenn es sonst wo in Deutschland regnet.

Ihre ersten schriftstellerischen Schritte wagte sie im „zarten" Alter von 10 Jahren, als ihr erstes Gedicht „Der kleine Zwerg" in der Schülerzeitung der Hilda-Schule, Koblenz, veröffentlicht wurde.

Bücher:
„Ich verkaufe gern", Starks-Sture-Verlag, München,
ISBN-Nr. 3-9809496-3-X
„Mein bester Freund…der Hund",
NOEL-Verlag, Oberhausen, ISBN-Nr. 3-00-016568-1

Kurzgeschichten:
„Alle Jahre wieder", Dr. Ronald Henss Verlag,
ISBN-Nr. 3-9809336-4-4
„Weihnachtsgeschichten", Dr. Ronald Henss Verlag,
ISBN-Nr. 3-9809336-9-5

Zum guten Schluss...

Wir möchten uns auf diesem Wege noch ganz herzlich bei „unseren Autoren" bedanken für das Vertrauen, dass Sie unserem noch „jungen" Verlag entgegen gebracht haben und die gute, zügige und unkomplizierte Zusammenarbeit mit jedem Einzelnen!

Herzlichen Dank! Wir wünschen jedem von Ihnen genau wie den Lesern dieses Büchleins eine friedvolle und besinnliche Zeit und noch viele schöne Einfälle und Erfolge für Ihren weiteren Weg... und mögen Sie uns weiter die Treue halten und begleiten!

Herzlichst: **IHR NOEL-VERLAG**

Da war noch was...

*ein ganz besonderer Dank geht an **BORIS BUDISA**,
der mit ganzer Liebe und viel Talent die
allerschönsten Cover gestaltet.
Ihm verdanken wir auch unsere neue, wunderbare
und professionelle Homepage, die nun online ist!
Dir, lieber Boris, alle guten Wünsche
für Deinen weiteren Weg*